KB114633

초안의 게임

초인의 게임 3

니콜로 장편소설

초판 1쇄 찍은 날 § 2018년 11월 23일
초판 1쇄 펴낸 날 § 2018년 11월 30일

지은이 § 니콜로
펴낸이 § 서경석

총괄팀장 § 최하나
편집책임 § 김경민

펴낸곳 § 도서출판 청어람
등록번호 § 제387-1999-000006호
등록일자 § 1999. 5. 31
어람번호 § 제1-2978호

주소 § 경기도 부천시 부일로 483번길 40 서경B/D 3F (우) 14640
전화 § 032-656-4452 팩스 § 032-656-4453
http://www.chungeoram.com
E-mail § chungeorambook@daum.net

ISBN 979-11-04-91879-7 04810
ISBN 979-11-04-91846-9 (세트)

성림

3

니콜로 장편소설

초안의 게임

FUSION FANTASTIC STORY

초안의 게임

◈ Contents ◈

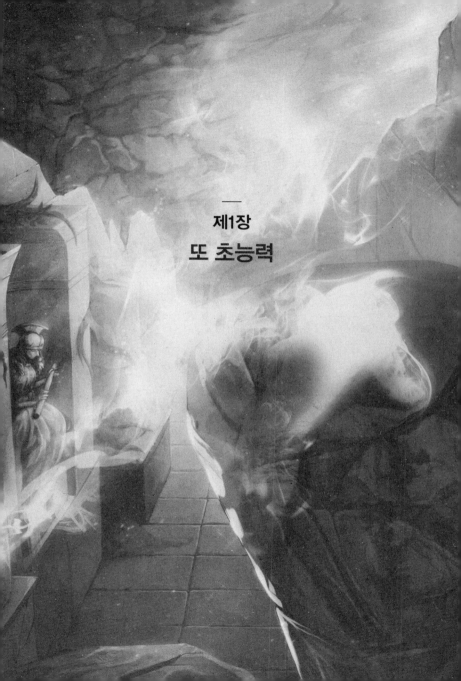

제1장

또 초능력

초능력에 대해서는 아직도 밝혀진 바가 별로 없다.

체질적으로 타고난 초능력이 있고, 강렬한 경험에 오러가 반응하여서 초능력이 만들어지기도 한다.

강렬한 경험.

어쩌면 인간의 한계를 뛰어넘은 110의 정신력으로 집중력을 끌어올린 것 또한, 강렬한 경험이라고 보기에 충분한지도 몰랐다.

'능력치 하나가 100이 넘어버리면 이런 일이 생기는 건가.'

전인미답의 경지였기 때문에 서문엽도 신기했다.

아무튼 일단 이 증폭이라는 초능력을 면밀히 살펴보았다.

신체 능력 중 하나를 증폭시킬 시 +10의 효과를 낸다.

근력, 민첩성, 속도, 지구력, 정신력, 기술, 오러 가운데 하나를 +10 할 수 있는 듯했다.

한마디로.

'사기잖아?'

민첩성을 올리면 107이다.

기술은 110.

오러도 110.

상대적으로 낮은 편인 근력과 속도도 89, 86으로 보강할 수 있다.

하나만 선택해서 올릴 수 있다는 제한이 있지만 말이다.

그런데 그보다 더 흥미가 가는 부분이 있었다.

초능력을 증폭시킬 시 위력 강화!

분석안, 던지기, 불사의 위력을 강화하면 대체 어떤 일이 벌어지는 것일까?

호기심이 샘솟았다.

하지만 일단 그 실험은 나중에 혼자 있을 때 해보기로 했다.

'지금은 2차전을 하러 가야지.'

시뮬레이션 룸으로 돌아온 서문엽은 나단에게 씨익 웃어 보였다.

나단의 눈동자가 이글거렸다.

다 놓친 승리를 이번에야말로 쟁취하겠다는 굳은 결의가 보인다.

　서문엽은 인자한 표정으로 그런 흑발 미청년을 바라보았다.

　'넌 뒈졌다.'

　그때 백하연이 슬그머니 다가왔다.

　"삼촌……."

　"응, 하연아. 그러고 보니 넌 어땠니?"

　"아으, 1어시 하고 죽었어."

　백하연은 시무룩했다.

　"어쩌다?"

　"욕심나서 순간 이동으로 파고들었다가 그냥 데스당했지."

　딜러라면 가질 수밖에 없는 킬 욕심이었다.

　"쟤들은 우리나라 애들이 아니란다. 순간 이동은 탈출기로 남겨둬야 해."

　"응, 이제 그러려고."

　"그렇다고 너무 조심스러워도 안 돼. 과감하게 못 덤비는 근접 딜러는 별로 위협적이지 않아."

　"알았어. 삼촌은 괜찮아?"

　"후-우, 하연아."

　서문엽은 우수에 잠긴 눈빛을 하며 말했다.

　"삼촌은 왜 이렇게 위대한 걸까?"

　"뭐래는 거야. 나단한테 팔 썰려놓고는. 꼼수 안 부렸으면 완전 졌을걸."

조카의 팩트 폭행.

서문엽은 굴하지 않았다.

"2차전 때 잘 보렴. 삼촌이 나단 발라 버릴 거야."

"정말? 삼촌이 밀리던데?"

"어허, 한번 보라니까. 이제 견적 나왔어요."

한껏 거들먹거린 서문엽은 빨리 시작하자면서 접속 모듈에 들어가 버렸다.

다른 선수들도 그 모습에 웃으면서 하나둘 접속했다.

"아으, 하긴 내가 누굴 걱정해."

백하연도 투덜거리며 접속 모듈에 들어갔다.

던전에서 서문엽은 다시 나단과 눈을 마주했다.

나단은 이번에야말로 이기겠다고 벼르는 모양새.

참 성격도 순하고 착해 보이는 놈이 무기를 들면 딴판이었다.

'자, 둘로 나뉜 나단을 상대하려면 어떤 능력치를 증폭시켜야 할까?'

답은 정해져 있었다.

'증폭, 기술에.'

서문엽이 초능력을 발동했다.

그의 기술 능력치가 100에서 110으로 뛰어올랐다.

당장 어떤 변화가 느껴지는 것은 아니었지만 기분은 좋았다.

'좋아, 잘될 것 같은 느낌이다.'

―5.
―4.

또 고핀 감독의 카운트다운 목소리가 들렸다.

―3.
―2.
―1.
―시작!

양측이 일제히 서로에게 달려들었다.
나단은 서문엽에게로 곧장 달려왔다.
서문엽은 창을 던지는 그립으로 고쳐 쥐고 태세를 갖췄다.
나단은 일찌감치 분신을 펼쳤다.
몸에서 또 다른 몸이 나오는 신비한 모습.
그런데 바로 그때였다.
서문엽의 뇌리로 어떤 영감이 스쳤다.
'지금이다!'
거의 본능이었다.
서문엽은 즉흥적으로 창을 던졌다!

던지는 순간 손끝으로 창을 긁으며 강렬한 회전을 실은 창.

둘로 나뉜 나단 중 오른쪽에게로 날아들었다.

오른쪽의 나단은 이제 막 분신을 펼쳐 나뉜 상태에서 창이 기습적으로 날아오자 화들짝 놀라 피했다.

하지만.

휘릭!

창은 중간에 궤도가 휘어 왼쪽으로 흘렀다.

"헉!"

왼쪽의 나단은 놀라 헛바람을 삼켰다. 그걸로 끝이었다.

콱!

왼쪽의 나단은 그대로 소멸해 버렸다.

분신이 사라지자 나단은 충격을 받았다.

창던지기 한 방에 그의 필살기였던 분신이 깨져 버린 것이다.

분신이 사라진 충격으로 오러도 흩어져 10%만 남았다.

쌍도는 휘둘러 보지도 못하고 승부가 결정된 것.

"참 재미있지?"

서문엽은 창 한 자루를 더 꺼내며 다가갔다.

"혼자 있을 때는 잘 피하는데 둘이 있으면 내가 아닐 거란 생각에 못 피해."

거기에 오른쪽에서 왼쪽으로 흐르는 창의 절묘한 궤적과 허를 찌르는 타이밍까지.

일격에 승부가 결정되었다.

그 뒤에 나단은 데스를 당하지 않기 위해 피해 다니며 시간을 끌었고, 서문엽은 끝까지 쫓아가 기어코 킬을 냈다.

10%의 오러밖에 안 남은 상대이니 아무리 나단이라도 도리가 없었다.

나단을 처치한 뒤, 싸움에 합류하여서 백하연을 주로 도왔다.

백하연이 상대하는 적에게 창을 뿌려서 킬을 냈다. 그런 방식으로 3킬을 올리자, 자연히 백하연도 3어시스트를 올린 셈이 됐다.

그렇게 두 번째 판도 서문엽 팀의 승리가 되었다.

사실 서문엽과 나단의 대결과는 상관없이, 팀은 치치 루카스가 같은 편이어서 서문엽 측이 유리하긴 했다.

"3판도 하셔야죠?"

나단은 억울한 표정이 되어서 물었다.

서문엽은 씨익 웃었다.

"글쎄다. 이제 그만하고 싶은데?"

"그러는 게 어디 있어요."

물론 장난이었다.

그렇게 세 번째 대결까지 펼쳐졌다.

세 번째 대결에서 역시 서문엽은 중폭으로 기술을 올렸다.

나단은 아예 처음부터 분신을 써서 2판에서와 같은 허망한

데스를 방지했다.

제대로 한번 싸워보겠다는 의지였다.

그렇게 펼쳐진 싸움은 치열한 접전이었다.

나단은 미친 듯이 쌍도를 휘둘렀고, 서문엽은 양방향에서 협공당하지 않기 위해 계속 움직이며 싸웠다.

첫 번째 대결 때보다 한결 여유 있어 보이는 서문엽.

오히려 공격을 하는 나단 쪽이 싸울수록 부담을 느꼈다.

공격을 했다 하면 카운터로 반격을 날리는 통에 식은땀이 절로 났다.

'내 공격 타이밍을 다 아는 것 같아.'

정확한 타이밍에 카운터로 찌르기를 펼치는 모습을 보니 확실했다.

'어떻게 타이밍을 읽었지?'

나단은 혼란을 느꼈다.

자신의 쌍도법은 불규칙한 템포와 스피드가 최고의 강점이었다.

이 나단의 쌍도를 겨우 한 번 경험한 서문엽이 벌써 어떤 패턴이나 습관을 읽었을 리가 없다.

그렇다면.

'그냥 실력인가?'

나단이 혼란을 느끼는 가운데, 서문엽은 놀라운 활약을 했다.

둘로 나뉜 나단을 상대하면서 창을 뒤로 던져 상대측 선수 하나를 죽이는 성과까지 거뒀다.

워낙 나단의 반사 신경이 빨라서 타격을 입히지는 못했지만, 체력도 오러도 나단의 소모가 훨씬 많았다.

둘을 상대로 싸우면서 동선을 최소화하고 간결한 동작만 취하는 서문엽은 전혀 지칠 기색이 없었다.

*   *   *

고펀 감독이나 코치진이나 모로 형제나 다 같이 경악에 빠졌다.

대형 스크린에 두 나단의 협공을 능히 상대하는 서문엽이 보였다.

"나단의 쌍도 패턴을 벌써 파악했다고? 그건 불가능해!"

고펀 감독이 믿기 어렵다는 듯이 소리쳤다.

나단은 두 자루의 도를 휘두를 때 일정한 패턴이 반복되지 않도록 많은 노력을 기울여 왔다.

마치 원주율의 소수점 자릿수처럼 반복 패턴 없이 불규칙한 공격이 무한히 펼쳐지도록 하는 스타일이었다.

그런데 서문엽이 파악했다니?

"그런데 카운터를 찌르는 타이밍이 완벽한데요?"

"타이밍을 알고 있지 않으면 저렇게 못합니다."

두 나단의 협공은 종합 예술의 경지였다.

쉴 새 없이 공격하면서도 호흡이 딱딱 맞아떨어지도록 꾸준히 연습한 결과물이었다.

협공을 깨는 방법은 서문엽이 보여주듯이 공격하려 할 때 카운터로 역공을 가해 호흡을 깨뜨리는 것.

그러려면 나단이 언제 공격하려 하는지 타이밍을 예측해야 한다.

"어떻게 저럴 수가 있지?"

고편 감독은 경외 어린 표정으로 서문엽을 바라보았다.

서문엽이 보여주는 동작 하나하나가 완전했다.

불필요한 움직임을 모두 버리고, 정말 필요한 움직임만을 취했다.

그렇게 최소화된 동선으로 간결하게 움직임으로써 나단의 미친 듯한 스피드에 대항했다.

언뜻 보면 나단은 바쁘게 움직이는데 서문엽은 많이 움직이지 않았다.

'창 방패 탱커들에게 교본으로 보여주고 싶군.'

인류를 구한 남자.

초인 중의 초인.

17년 만에 살아 돌아온 불사신.

서문엽의 진가는 자신들이 가늠할 수 없는지도 몰랐다.

"필립, 봐봐, 서문엽이 나단을 압도하고 있어."

"명승부야. 저렇게 빠른 템포로 공방을 주고받는 건 처음 봐."

"이 영상은 영원히 소장해야지."

모로 형제는 감동에 젖어버렸다.

결국 승부는 내지 못했다.

결판이 나기도 전에 치치 루카스가 또다시 맹활약을 펼쳐 팀을 승리시킨 것이다.

하지만 계속 싸웠어도 누가 이겼을지는 자명했다.

"하아……."

접속 모듈에서 나온 나단은 한숨을 푹 쉬었다.

"어린놈이 웬 한숨이야?"

접속 모듈에서 나온 서문엽이 실실 웃으며 핀잔했다.

"굉장히 강하시네요. 오늘은 제가 졌어요."

나단이 패배를 인정했다.

"너도 제법이었다. 확실히 제럴드 워커보다는 낫네."

첫 번째 대결에서 하마터면 질 뻔한 경험을 했다. 확실히 나단은 강했다.

고편 감독의 칭찬도 이어졌다.

"둘 다 훌륭했소. 특히 미스터 서문, 무슨 수로 나단의 움직임을 읽은 거요?"

"감."

서문엽은 간략히 대답했다.

사실 그거밖에 없었다.

정말 반복되는 패턴이라는 게 없는 녀석이었다.

저 불규칙을 손에 넣기 위하여 얼마나 피나는 수련을 해야 했을지 짐작 갔다.

다만 증폭으로 기술이 110이 되니까 감이 팍팍 꽂히는 것이었다.

'더 정진하렴. 능력치 보니까 아직 올릴 수 있는 능력치가 많던데.'

나단의 근력은 83/95로 무려 12나 더 올릴 수 있었다.

기술도 90/95였다. 물론 기술은 효과가 큰 만큼 올리기도 가장 어렵지만 말이다.

"아무튼 훈련에 참여해 줘서 고맙소."

"나야말로 즐거웠습니다. 조카 좀 잘 부탁드립니다."

"하하, 염려 놓으시오. 우리도 주급을 공짜로 주지 않으려면 잘 활용해야 하니까."

백하연은 오늘 한 타 싸움 훈련 3판을 치러서 킬은 하나도 못 했다.

하지만 다행히 어시스트는 총 6을 챙겼다.

평가에 반영하지 않는 훈련이라고는 하지만, 백하연 같은 신입 선수에게는 첫인상이 중요했다.

근접 딜러로서는 아직 갈 길이 멀었지만, 보조 딜러로서는 완숙에 달한 경험이 있었던 덕에 그럭저럭 괜찮은 활약을 할 수 있었다.

'삼촌의 도움은 여기까지다. 이제 알아서 잘하겠지.'

서문엽은 백하연의 파리 생활에 대해 더는 신경 쓰지 않기로 했다.

그보다 더 신경 쓰이는 게 생겼기 때문이다.

'아 궁금하다. 초능력을 증폭시키면 어떤 현상이 발생할까?'

오랜만에 가슴이 두근거렸다. 빨리 확인해 보고 싶었다.

*　　　　*　　　　*

파리 뤼미에르 BC의 클럽하우스를 나와 호텔에 돌아왔다.

돌아오자마자 일단 욕실로 달려갔다.

공중목욕탕 수준으로 넓은 욕실은 한쪽 벽에 전부 거울이 설치되어 있었다.

"어디 보자."

기술을 증폭시키면 어떤 결과가 나오는지는 이미 확인했다.

'감이 무지 좋아졌었지.'

상대가 무엇을 할지 빠릿빠릿하게 짐작이 됐다.

덕분에 무지막지한 스피드로 분신과 합격술까지 펼치는 나단을 능히 상대할 수 있었다.

다른 능력치도 결국 마찬가지로 10씩 상승한 효과를 보일 터.

하지만 서문엽은 초능력을 증폭시키면 어떤 결과가 나타날지 몹시 궁금했다.

'증폭, 분석안에.'

일단은 분석안을 증폭시켰다.

그 뒤에 분석안으로 거울에 비치는 자신을 바라보았다.

그랬더니 놀라운 일이 벌어졌다.

―대상: 서문엽(인간)

―근력 79/79

―민첩성 97/97

―속도 76/77

―지구력 91/91

―정신력 110/100

―기술 100/100

―오러 100/100

―리더십 100/100

―전술 100/100

―초능력: 분석안, 던지기, 불사, 증폭.

―분석안(증폭): 살아 있는 대상의 능력치를 볼 수 있다. 영상 매체를 통해서도 볼 수 있다.

"오오!"

서문엽은 눈이 휘둥그레진 채 감탄했다.

리더십과 전술이라는 항목이 새로 생겨났다.

그동안 분석안으로도 확인할 수 없는 부분이 있어서 아쉬웠던 항목이었다.

자신의 리더십, 전술 수치는 더 놀라웠다.

"짐작은 했지만……."

서문엽은 두 주먹을 불끈 쥐었다.

"난 정말 위대하구나."

스스로에게 자아도취한 채 감격하는 서문엽.

지저 전쟁의 최전선에서 인류를 구원으로 이끈 서문엽이었다.

동료들을 이끌었던 리더십이나 공략 불가 던전의 공략법을 찾아내던 전술 능력은 인류 중 최고치일 수밖에 없었다.

'100짜리 재능이 대체 몇 개야? 이런 걸 보면 나도 참 운을 타고났네.'

고아로 태어나 갖은 고생을 했지만, 대신 이런 미친 재능을 타고났으니 대체로는 운이 좋았다고 자평했다.

증폭된 분석안은 또 한 가지 더 가려운 부분을 긁어주었다.

─영상 매체를 통해서도 볼 수 있다.

'우오오오! 이것도 짱 좋아!'

이제 TV를 통해서 경기를 봐도 분석안으로 선수를 볼 수 있다는 뜻이었다.

'이게 안 돼서 직접 싸돌아다녀야 했는데. 이제 완벽해!'

그야말로 서문엽의 새로운 인생을 위해 증폭된 분석안의 효과였다.

'이제 던지기에 증폭을 걸어볼까?'

증폭을 해제한 서문엽은 이번에는 던지기 초능력에 증폭을 걸었다.

그리고 분석안으로 다시 한번 체크했다.

분석안에 증폭을 풀자, 더 이상 리더십과 전술 항목은 보이지 않았다.

대신 던지기에 추가된 효과를 볼 수 있었다.

—던지기(증폭): 손에 든 물체를 던져 비거리와 속도를 조절할 수 있다. 던진 물체를 회수할 수 있다.

'던진 걸 다시 회수해?'

이건 또 무슨 신기한 초능력이란 말인가.

설렘 서문엽은 확인을 위해 재빨리 세면대에 있는 칫솔을 집어 던졌다.

숙 날아간 칫솔.

"자, 다시 돌아와."

그런데 어째 초능력이 먹히지 않았다.

날아가 바닥에 떨어진 칫솔은 돌아올 생각을 안 했다.

"안 돌아오는데? 어떻게 해야 하는 거지?"

잠시 궁리해 보았다.

그러다가 문득 아이디어가 떠올랐다.

"아, 혹시?"

초능력을 사용하려면 많든 적든 오러를 소모한다.

아까는 딱 칫솔을 던질 수 있을 정도의 오러만 썼다.

하지만 던져진 칫솔이 되돌아오는 데도 오러가 필요할 터였다.

칫솔을 다시 한번 던졌다.

이번에는 아까보다 2배의 오러를 실어서 던졌다. 되돌아오는 데 사용될 오러를 실은 것.

획!

던져진 칫솔이 마법처럼 다시 되돌아와 서문엽의 손에 들어왔다.

이제야 증폭된 던지기에 대해 파악이 끝난 서문엽.

마지막으로 확인할 초능력은 바로 불사였다.

이건 서문엽도 긴장이 됐다.

불사를 증폭시키면 대체 뭐가 되는 걸까?

불사 그 자체로도 엄청난 초능력이라, 거기서 한술 더 뜨면 대체 뭐가 될지 궁금하면서도 살짝 두려웠다.

'좋아, 증폭!'

증폭시킨 후에 분석안으로 확인했다.

ㅡ불사(증폭): 120초간 오러로 이루어진 영체가 되어 모든 공격을 무효화하고 모든 사물을 통과한다.

'영체? 그게 뭐지?'

직접 확인하는 것이 빠를 듯했다.

서문엽은 불사 초능력을 펼쳤다.

으으으으!

그러자 갑자기 서문엽의 온몸이 하얀 빛으로 감싸였다.

그것은 오러였다.

마치 불이 붙은 것처럼 하얀 빛의 오러가 몸을 잠식해 들어갔다.

이윽고.

파아앗!

변신이 끝났다.

거울에는 서문엽이 없었다.

그저 서문엽의 형상을 한 하얀 오러 덩어리가 있을 뿐이었다.

―이, 이게 영체구나.

육체가 사라진 탓에 목소리도 오러의 울림으로 표출되었다.

누가 보면 유령이라고 할 만한 모습이었다.

육체가 사라지고 오러밖에 남지 않은 모습.

신기해진 서문엽은 슥슥 걸어 다녀보았다.

일단 움직이는 건 똑같았다. 다만 몸이 매우 가벼워서 체중이 느껴지지 않았다.

'모든 사물을 통과한다고?'

계속 걸어서 벽을 통과해 보았다.

쑤욱!

그대로 벽을 통과하여 거실에 나온 서문엽.

'이러면 정말 모든 공격이 무효화되겠네.'

120초간은 무적의 상태였다.

'그렇다면 이쪽에서 공격하는 것은 될까?'

서문엽은 역시나 만만한 칫솔을 손에 꽉 쥐었다.

파삭!

칫솔에 오러의 압력이 가해지자 아예 박살 나 가루가 되어 버렸다.

종합하자면, 120초간 어떤 공격도 받지 않고 어떤 장애물도 다 통과되는데, 이쪽은 공격을 할 수 있다.

―후우…….

서문엽은 우수에 잠긴 눈으로 한숨을 쉬었다.

자아도취의 절정!

외로운 절대자의 심정이 이러할까?

―전쟁도 다 끝났는데 난 아주 우주 최강을 향해가고 있구나.

그리스 신화의 반인반신이 된 기분이 이러할까?

하얀 광채가 뿜어져 나오는 오러 영체 상태에서 그런 소리를 하니 그럴듯하긴 했다.

120초가 지나자 증폭이 해제되고 서문엽은 원상 복귀 되었다.

갑자기 확 느껴지는 체중이 무겁게 느껴졌다. 육체라는 감옥에 다시 갇힌 기분이었다.

아무튼 이것으로 실험이 모두 끝났다.

서문엽은 슬슬 자신이 프랑스에 온 목적을 떠올렸다.

'프랑스에서 쓸 만한 선수를 좀 데려가면 좋을 텐데.'

초인 에이전트 제이크 랜드는 한국에서 선수 생활을 마무리하길 원하는 한국 출신 선수들을 추천했다.

한국 국적을 버리고 해외로 떠났던 1세대 선수들.

이제는 나이 들어 은퇴할 시기가 된 이들은 마지막으로 한국 무대에서 뛰고 싶어 할 테니 영입하기 쉬울 거라는 말이었다.

서문엽도 이에 혹했지만 뒤늦게 생각해 보니 영 별로였다.

'다 늙은 놈을 영입하면 나중에 비싸게 팔 수 없잖아?'

거기다가 경력이 있으니 현재 능력치 상태에 비해 연봉이 비쌀 게 틀림없었다.

두루두루 서문엽의 구미에 맞지 않았다.

'역시 프랑스산 유망주들을 좀 데려가 볼까? 내 명성을 이용하면 혹해서 따라가겠다는 애들이 있을 거 아냐?'

오만 생각을 다 하다가 일단은 최동준 감독의 의견을 들어 보기로 했다.

전화를 걸려다가 서문엽은 문득 증폭된 분석안이 떠올랐다.

'이 녀석 감독으로서의 능력이 어느 정도인지 한번 봐야겠다.'

서문엽은 분석안에 증폭을 걸고, 영상 통화로 최동준 감독에게 전화를 걸었다.

한국 시각은 새벽이라 전화를 받지 않았다.

자고 있는 듯했다.

당연히 서문엽은 받을 때까지 계속 걸었다.

3차 통화 때 비로소 전화를 받았다.

―여, 여보세요…….

자다 깬 최동준 감독은 피로에 찌든 표정이었다.

"어, 별일 없지?"

―구단주님? 여긴 새벽 5시입니다…….

"알아."

―…….

형편없이 일그러진 최동준 감독의 얼굴이 영상에 보였다.

—대상: 최동준(인간)

—근력 37/52

—민첩성 38/55

—속도 42/60

—지구력 36/61

—정신력 66/72

—기술 69/75

—오러 70/70

—리더십 49/76

—전술 45/65

—초능력: 회복, 고취

증폭된 분석안으로 최동준 감독의 리더십과 전술 능력이
나타났다.

'이 인간은 정말 안 되겠다.'

짐작은 했지만 정확한 수치를 보니 더 답이 안 나오는 무능
한 감독이었다. 부글부글 끓었다.

'고취 말고 감독으로서 대체 어느 부분이 쓸모 있는 거야?'

그를 계속 유임시킨 건 서문엽 자신이면서도 짜증을 느꼈
다.

―구단주님? 왜 갑자기 그런 표정으로 저를 보시는지…….

눈치는 또 빨랐다.

화를 가라앉힌 서문엽이 물었다.

"프랑스에서 선수를 좀 영입할까 싶어서."

―선수요?

"응, 원래는 한국 출신 1세대 선수들을 데려가려 했는데, 유망주가 아니면 비싸게 팔 수 없으니까 관뒀어."

―잘 생각하셨습니다. 그 사람들은 몸값 비싸요.

"그래서 어린 유망주들을 찾아보려고."

―그것도 조금…….

"왜?"

―프랑스는 전 세계에서 유망주라는 애들이 다 모이는 곳입니다. 거기서 유망주로 불리는 애들은 장난이 아닙니다.

"주목받는 애들 말고. 우린 또 틈새시장을 노려야지."

―배틀필드 변방인 한국으로 오려는 애들은 찾기 어려울 듯한데. 그것도 2부 리그예요.

"인마, 그래도 찾아보지 않고서는 모르잖아?"

―구단주님, 나연이와 승호도 잘 크고 있고, 새로 영입하신 윤범과 최정민도 괜찮은 유망주입니다. 이 정도로도 전력 보강은 충분히 됐다고 생각되는데, 이번 시즌 영입은 여기까지 하시죠?

"으음…….."

—해외 선수들은 최소한 KB—1 리그로 승격하고 나서 영입을 시도하는 편이 낫습니다. 한국도 꺼려하는데 거기서도 2부 리그라고 하면 솔직히 아무도 거들떠 안 볼 겁니다.

"그도 맞는 말이긴 하네."

—정 전력 보강을 원하신다면 가장 좋은 방법이 있긴 하죠.

"그게 뭔데?"

—뭐긴요? 구단주님이 선수로 직접 뛰시는 거죠.

"뭐 인마?"

—거기서 대체 뭘 하신 겁니까? 지금 구단주님께서 협회에 선수 등록을 했다고 난리입니다.

"아, 그건 사정이 좀 있지."

—심지어 파리 뤼미에르 유니폼을 입으신 사진도 SNS에 올라와서 화제이고요.

"잉? 그런 사진이 어떻게……."

순간 사진 찍고 도망갔던 모로 형제가 떠올랐다.

그 문어들 짓이 분명했다.

"그냥 심심풀이 삼아 여기 애들하고 훈련 좀 한 거야. 조카도 도와줄 겸."

—그냥 심심풀이 삼아 구단주님이 경기 좀 뛰시면 관중석도 꽉 차서 티켓 수익도 늘어나고, 우승 및 1부 리그 승격도 누워서 떡 먹기 아닙니까?

서문엽의 말까지 인용하며 권하는 최동준 감독.

내가 2부 리그 경기에 왜 나서냐고 호통 좀 쳐주려다가 문득 스폰서십 계약이 생각났다.

1년에 100만 유로.

단, 한 경기라도 뛰면 그 해는 300만 유로.

'200만 유로면 20억이 넘는데, 딱 한 경기만 뛰어서 돈 먹을까?'

증폭을 활용한 전투 기법을 좀 더 개발하고 싶은 마음도 있었다.

겸사겸사 한두 경기 정도는 뛰어도 괜찮겠지 싶은 마음이 드는 서문엽.

그를 선수로 끌어들이려 하는 모로 형제의 치밀한 꾐이 효과를 보고 있었다.

제2장
개선

　다음 날, 모로 형제는 분석 프로그램을 잘 다루는 코치를
소개시켜 주었다.

　그런데 알고 보니 그냥 코치가 아니었다.

　"가브리엘 사나입니다."

　뿔테 안경을 낀 창백한 안색의 마르고 단단한 젊은 남자가
악수를 청했다.

　서문엽은 악수를 받으며 증폭된 분석안을 실행했다.

　─대상: 가브리엘 사나(인간)

　─근력 37/64

—민첩성 44/72

—속도 45/67

—지구력 35/59

—정신력 40/87

—기술 63/90

—오러 70/70

—리더십 85/92

—전술 88/98

—초능력: 집중

—집중: 최장 6시간 동안 강한 집중력을 발휘한다.

'오!'

서문엽은 내심 감탄했다.

개발이 전혀 안 된 능력치로 보아 선수 출신이 아니었다.

그런데 리더십과 전술 수치는 무척 높았다.

'공부를 아주 잘한 타입인가 보다.'

집중이라는 초능력만 봐도 알 수 있는 부분이었다.

한 가지 특이한 점은 정신력이 현재 40밖에 되지 않는다는 점이었다.

아무튼 이런 능력치를 가진 사람이 평범한 코치일 리 없다는 생각이 들었다.

서문엽이 입을 열었다.

"선수 출신이 아니군?"

"예, 아시는군요?"

"그냥 느낌에."

"감이 좋으신 분 같습니다. 전 스포츠의학을 전공했고, 필립 모로 구단주님의 권유를 받고 배틀필드 지도자의 길을 걸었습니다."

가브리엘의 말에 옆에 있던 필립 모로가 고개를 끄덕이며 거들었다.

"참 똑똑하고 유능한 친구입니다. 3년 전까지만 해도 우리 클럽의 리저브 팀 감독까지 지냈죠."

그러자 서문엽의 눈이 빛났다.

"그런데 어떤 우환이 생겨서 지난 3년간 쉬었군?"

가브리엘과 필립 모로는 둘 다 놀랐다.

"어떻게 아셨습니까?"

가브리엘이 물었다.

서문엽은 어깨를 으쓱했다.

"성실해 보이는 사람이 3년간 쉬었다는 게 이상하잖아."

실은 정신력이 40밖에 되지 않는 것을 보고 무슨 사연이 있나 싶었다.

나태해서 정신력을 기르지 못한 타입은 아니었기 때문이다.

"하하, 개인적인 사정이 있었다고 해두죠."

필립 모로가 얼버무리며 그냥 넘기려 했다.

그러나 가브리엘이 별일 아니라는 듯이 말했다.

"아내와 이혼했습니다."

"아하, 그 충격으로?"

"그런 셈입니다."

쿨하게 대꾸하지만 정신력이 많이 낮아져 있는 걸 보면 더 괴로운 가정사가 있는 듯했다.

"그럼 이제는 일에 복귀할 마음이 있으니까 여기에 나왔겠지. 단도직입적으로 말하지. 난 분석 프로그램을 다룰 줄 아는 코치를 찾고 있었어. 게다가 우리 팀은 한국의 2부 리그 팀이지."

"얘기는 들었습니다."

"생각이 있어? 사실 내가 생각해도 당신 정도의 커리어를 가진 사람이 날 따라서 한국에 갈 필요가 있나 싶거든."

"저도 한국의 2부 리그 약소 팀에 가는 게 꺼려졌습니다. 하지만 서문엽 씨가 구단주라는 점과, 프랑스에서 최대한 멀어질 수 있다는 점에 관심이 생겼죠."

아픈 일이 있었던 프랑스를 아예 떠나고 싶은 모양이었다.

"흐음……."

서문엽은 살짝 고민이 들었다.

왜냐하면 가브리엘의 능력이 너무 아까웠기 때문이다.

가브리엘 사나: 명문 클럽 리저브 팀 감독 출신, 스포츠의학에 능통, 리더십 85에 전술 88.

최동준 감독: 팀을 부동의 꼴찌로 만든 감독, 기타 잡일은 잘하나 대체로 무능, 리더십 49에 전술 45.

가브리엘이 최동준 감독 밑에서 일한다니?

이건 몹시 부조리한 일이었다.

서문엽이 입을 열었다.

"이렇게 합시다. 감독직과 함께 팀 운영에 대한 전권을 주지."

통 크게 질렀지만 가브리엘은 딱히 표정의 변화가 없었다.

그는 명문 클럽에서 엘리트 코스를 밟던 지도자였다.

배틀필드의 변방인 한국에서도 약체 팀에 간다는 점을 생각하면, 서문엽이 말한 조건은 당연한 거지 별로 파격적이지 않았다.

"희망 연봉은 음, 얼마?"

"그건 아무래도 좋습니다."

가브리엘이 입을 열었다.

"감독 자리나 전권이나 사실 제게는 당연한 이야기죠."

"그렇지."

서문엽도 동의했다.

이런 엘리트를 최동준 감독 같은 녀석과 같은 공간에서 일하게 하는 것 자체가 미안했다.

그것도 강화도 산골에서 말이다.

"한국 2부 리그에서도 오랫동안 꼴찌에 있다가 이제야 서문엽 씨에게 인수되고서 좋은 성적을 거뒀죠."

"좋은 성적은 아냐."

20팀 중 11위가 어딜 봐서 좋은 성적인가?

서문엽에겐 말이 안 되는 소리였다.

"경기를 봤는데, 서문엽 구단주께서 발굴하신 몇몇 선수는 흥미로웠습니다."

악마 소녀 넷티.

던전에서 책을 읽는 놈.

한국을 뒤흔든 페어였다. 흥미로울 수밖에.

"중위권으로 전반기를 마감하셨으니, 이번에 추가로 이루어진 선수 영입이 성공을 거둔다면 승격도 불가능하진 않다고 생각합니다."

"난 그리 급하지 않아. 애들이 성장할 때까지 천천히 기다릴 수 있어."

"사실 한국으로 가는 건 제 커리어에 마이너스입니다."

"그건 그래."

서문엽도 인정했다.

"그런데 한국 2부 리그 강등권에 있었던 팀을 승격시키고 우승까지 시킨다면 그건 그럭저럭 커리어에 도움이 될 것 같습니다."

"그럼 하는 건가?"

"조건이 하나 있습니다."

"말해봐."

"구단주께서 경기에 출전하셨으면 좋겠습니다."

그 말에 서문엽의 표정이 일그러졌다.

"그건 좀……."

서문엽이 출전하면 감독이 최동준이어도 우승할 수 있다.

"그래, 그건 자네가 허언을 했네."

필립 모로도 웬일인지 서문엽을 거들어 반대에 나섰다.

필립 모로는 단호히 말했다.

"선수 생활을 한다면 우리 파리 뤼미에르에서 해야지, 그깟 아시아 변방의 쓰레기 팀에서……."

"쓰레기 팀이라 미안하다, 문어 새꺄."

"흠흠, 제가 오버했군요."

찔끔한 동생 문어가 입을 다물었다.

그때 가브리엘이 다시 말했다.

"1년에 최대 5회 출전은 어떻습니까? 그쯤이면 팀 승격도 해볼 만하다고 생각합니다만."

그 제안에 서문엽도 고심했다.

그리고 입을 열었다.

"3회 하자."

"좋습니다."

가브리엘도 선선히 수락했다.

가브리엘 사나와 계약을 한 후, 서문엽은 최동준 감독에게 전화를 걸었다.

─예, 구단주님.

"긴히 할 말이 있어."

─말씀하십시오.

"새로운 사람이 팀에 들어올 거야."

─선수입니까?

"아니, 지도자야."

일부러 감독이란 말은 안 하고 지도자라 돌려 말했다.

─지도자… 요?

최동준 감독의 목소리에 살짝 긴장이 어렸다.

"형이 여기서 선물로 분석 프로그램을 받았거든. 조만간 팀에 설치될 거야."

─헉, 그 비싼 걸요?

"그래, 근데 그거 다룰 줄 아는 사람이 우리나라에는 없다 더라? 그래서 고용했어."

─아, 그렇군요. 그런 게 있다면 정말 도움이 많이 될 겁니다. 그래서 어떤 사람입니까?

"놀라지 마. 무려 파리 뤼미에르 리저브 팀에서 감독까지 했던 사람이야."

―헉!

최동준 감독이 헛바람을 삼켰다. 자신과는 차원이 다른 커리어였기 때문.

"스포츠의학을 전공해서 박사 학위까지 있대."

―바, 박사 학위까지…….

"실력이 정말 뛰어난지 모로 형제가 직접 추천해 준 사람이야."

―정말 대단하네요. 그런 사람이 정말 우리 팀에 온답니까?

"응, 계약했어."

―그거 참 우리 팀에 도, 도움이 많이 되겠네요.

최동준 감독은 떨리는 목소리로 말했다. 팀에 도움이 되는 일인데 전혀 기뻐하지 않는 목소리였다.

"내가 고민이 많아."

―무슨 고민입니까……?

"이런 사람을 네 밑에 둬야 할까?"

―헉!

결국 돌직구가 날아오자 최동준 감독이 기겁했다.

"최동준 수석 코치, 내 말을 잘 들어봐."

―헉, 수석 코치라뇨? 왜 갑자기 저를 수석 코치라고 부르시는 겁니까?!

"오해하지 말고 형 말 좀 들어봐. 넌 뛰어난 수석 코치가 될 자질이 있어. 선수들에게 인망도 있고, 사기 진작도 잘 시키고."

―전 이미 감독인데 수석 코치가 될 자질이 있다고 하시면…….

"야, 이 새꺄. 그동안 부진의 책임을 지고 옷 벗을래, 수석 코치 할래?"

서문엽이 본색을 드러냈다.

한참 뒤에 최동준 감독의 목소리가 들렸다.

―수석 코치 하겠습니다, 크흐흑!

비통하게 울건 말건 서문엽은 눈 하나 깜짝 안 했다.

"질질 짜지 말고 좋게 생각하자. 이런 엘리트가 설마 우리 팀에 오래 있겠어? 실적 세우고 금방 큰물로 떠나겠지. 넌 얘 밑에서 잘 배웠다가 다시 감독이 되면 되는 거야."

―…다시 절 감독으로 복귀시켜 주신다고 약속하시는 겁니까?

"야 이 개새꺄, 그건 네가 얼마나 열심히 잘 배웠느냐에 달렸지 나한테 네 인생을 보장받으려 하냐? 뒈질래?"

서문엽이 제일 싫어하는 질문 중 하나였다.

―아, 아닙니다! 열심히 하겠습니다.

"그래, 최동준 수석 코치! 우리 앞으로도 잘해보자고."

―네…….

*　　　*　　　*

〈서문엽, 세계 협회에 선수 등록!〉
〈선수 등록한 서문엽, 파리 뤼미에르 BC 유니폼 입은 이유는?〉
〈모로 형제, 서문엽 영입 성공했나〉
〈서문엽 선수 등록, 모로 공방에 거액의 스폰서십 계약까지〉

오랜만에 언론이 끓어올랐다.

구단주 놀이만 할 뿐, 대체로 잠잠했던 서문엽이 뜬금없이 프랑스에서 선수 등록을 한 것이다.

처음에는 그것이 프랑스 협회에 선수 등록하고 파리 뤼미에르 BC에 입단하는 것처럼 비춰졌으나, 나중에 단순히 세계 협회에 등록했을 뿐이라는 게 밝혀졌다.

하지만 어쨌거나 파리 뤼미에르 BC와의 관계가 긴밀해진 것은 명백해 보였다.

이에 대하여 파리 뤼미에르 BC와 라이벌 관계에 있는 팀들이 불편함을 드러냈다.

가장 대표적으로 독일 최강 명문, 베를린 블리츠 BC의 엠레 카사 감독이었다.

〈'7영웅 동료' 엠레 카사 감독 '서문엽 파리행은 재능 낭비'〉
〈엠레 카사 감독, 모로 형제에 독설 '잔수작 부리며 서문엽 귀찮게 해', '파리는 서문엽 담을 그릇 못돼'〉

7영웅 동료이자 지금은 최고의 명감독으로 손꼽히는 엠레 카사가 이례적으로 파리 뤼미에르 BC에 대하여 독설을 날렸다.

서문엽이 파리로 간다면 세계 배틀필드 최강을 다투는 톱3의 균형이 무너지기 때문이었다.

이에 대하여 모로 형제는 점잖게 받아쳤다.

〈장 모로, '서문엽은 단순히 조카의 입단을 축하하러 동행했을 뿐'〉

그렇게 논란은 일단락되었지만, 그 뒤에 서문엽이 파리 뤼미에르 BC의 선수들과 훈련을 받은 사실이 부각되면서 새로운 국면이 시작되었다.

인천공항.

찰칵! 찰칵!

"서문엽 씨, 파리 선수들과 함께 모의 훈련을 받은 것이 사실입니까?"

"네, 사실입니다."

공항에서 나오자마자 기자들에게 둘러싸인 서문엽은 귀찮은 표정으로 답했다.

"나단과 겨뤘다고 알려졌는데요?"

"붙어봤지."

서문엽은 쉽게 시인했다.

기자들의 눈에 불이 켜졌다.

"나단 선수와 대결에서 누가 승리했습니까?"

"당연히 안 가르쳐 주지. 궁금하지?"

서문엽은 씨익 웃으며 기자들을 놀렸다.

기자들이 질기게 질문했지만 결국 대결 결과는 듣지 못했다.

인터넷 커뮤니티에서도 이긴 쪽이 나단이냐 서문엽이냐 갑론을박 키보드 배틀이 붙었다.

이래저래 화제를 몰고 다니는 서문엽이었다.

* * *

YSM의 클럽하우스는 오전부터 분주했다.

외국인 설치 기사들이 우르르 와서 분석 프로그램을 설치한 것.

그리고 새 감독으로 임명된 가브리엘 사나가 프로그램과 장비가 설치되는 것을 감독했다

프로그램이 잘 구동되는지도 직접 시범해 보는 가브리엘.

이 광경을 지켜보고 있었던 선수들이 작은 목소리로 수군거렸다.

"와, 똑똑해 보인다."

"저 사람이 새 감독님이지?"

"저거 우리나라엔 아직 제대로 만질 줄 아는 사람 없다며?"

"저 프로그램 KB-1 리그에도 안 쓰는 팀이 있다던데, 우리가 저걸 쓰네."

"구단주 잘 둔 덕이지 뭐."

"저 프로그램 어떤지 본 사람 우리 중에 있나?"

그 질문에 최혁이 살짝 손을 들었다.

"나야 쌍성 스피리츠에 있었으니까 봤지. 저거 있으면 무지 좋아."

1부 리그 강팀의 근접 딜러였던 최혁은 당연히 분석 프로그램의 혜택을 받은 적 있었다.

물론 지금은 2부 리그의 새내기 탱커 신세가 되었지만 말이다.

의외로 팀의 주장 노정환도 말했다.

"나도 유소년 국가 대표 때 보긴 했는데 무척 신기했던 걸로 기억한다. 안 좋은 습관 같은 것도 다 잡아내고."

노정환도 어릴 때는 주목받는 유망주였던 것이다.

"이제 우리 팀에도 저게 생겼으니 YSM은 더 강해질 수 있을 거야."

몹시 진지하게 희망찬 이야기를 하는 노정환.

다른 선수들은 몸서리를 쳤다.

'어우, 오글거려.'

'대충 쓴 영화 대사인 줄.'

'참자. 팀에 이런 캐릭터도 있어야지.'

팀에 대한 충성과 주장으로서의 책임감으로 똘똘 뭉친 노정환은 지나치게 진지해서 탈이었던 것이다.

선수들이 모여 있는 그곳에 최동준 감독도 모습을 드러냈다.

"다들 여기 있었구나."

목소리에 기운이 없는 최동준 감독.

이제 조금 있으면 수석 코치로 강등될 운명이었다.

선수들도 소식을 들어 알고 있었지만 내색하지는 않았다.

최동준 감독을 가차 없이 수석 코치로 강등시켜 버린 서문엽의 결정이 좀 너무했다 싶었다.

하지만, 한편으로는 제자리를 찾았다는 느낌도 없지 않았다.

'파리 뤼미에르 BC 리저브 감독 출신이래.'

'스포츠의학 박사에 엘리트 코스 밟던 사람이라며?'

'그럼 최동준 감독님이 밑으로 가는 게 맞긴 하지.'

'최동준 감독님 안되셨다. 근데 새로 오신 감독님, 우리 팀에 오래 계셨으면 좋겠네.'

'사람은 좋지만 수석 코치가 딱이긴 하지.'

선수들의 속내를 들어보면 더 좌절했을지도 모르는 최동준 감독이었다.

그때 바깥에서 요란한 바이크 소리가 쩌렁쩌렁하게 울려 퍼졌다.

구단주가 출현했다는 경고음이나 다름없었다.

"헉, 구단주님이다!"

선수들은 태연했는데 최동준 감독만 괜히 안절부절못했다.

클럽 내에서 누가 가장 갈굼을 많이 당하는지 보여주는 모습이었다.

"제군들!"

서문엽이 큰 소리를 치며 나타났다.

장비 및 프로그램 점검을 마친 가브리엘도 서문엽을 주목했다. 그의 옆에는 통역사도 함께였다.

"내가 간밤에 꿈을 꾸었다."

모두가 주목하는 가운데, 서문엽이 말을 하기 시작했다.

"웬 노인네가 나타나더니 지가 내 조상이라는 거야."

다들 구단주가 또 무슨 소리를 하려고 저러나 싶었다.

"그래서 난 유전자 검사 해보자고 했는데 그럴 시간이 없다며 거절하더군. 사기꾼 같은 노인네였어."

통역을 듣던 가브리엘도 고개를 갸웃거렸다.

아무리 봐도 업무와 상관없는 헛소리 같았기 때문이다.

"조상이 부덕한 탓에 고생이 많았다면서 숫자 여섯 개를 불러주더라?"

"헉!"

"그 유명한!"

선수들이나 코치진이나 화들짝 놀랐다.

서문엽은 대수롭지 않다는 듯 어깨를 으쓱했다.

"필요 없다고 꺼지라고 했는데 제발 들어달라고 굳이 불러 주는 거야. 그래서 아직도 숫자 여섯 개가 머릿속을 떠나지 않아."

서문엽은 제 딴에는 몹시 진지한 표정이었다.

"많은 고민을 했지. 설마 신이 세상을 구한 답례랍시고 고작 로또 1등으로 퉁치려고 하나?"

"로또 사셨어요?"

넷티 이나연이 궁금증을 참지 못하고 불쑥 질문을 던졌다.

"아니!"

서문엽은 단호하게 고개를 저었다.

"난 로또를 사지 않았어. 왜인 줄 알아?"

"돈 많으니까요."

"아니, 돈은 다다익선이야."

"로또가 아니어도 돈은 얼마든지 벌 수 있으니까요."

"절반쯤 맞았다."

서문엽이 이어서 말했다.

"너희가 나의 로또이기 때문이다! 그러니 제군들! 이번 시즌도 열심히 노력해서 쑥쑥 몸값을 키우도록 해라, 알겠냐?!"

구단주로서의 운영 철학인 선수 재테크를 다시 한번 밝히는 서문엽이었다.

"옛!"

"자, 너희들의 성장을 위해서 내가 프랑스에서 데려온 사람이 있다."

서문엽은 가브리엘을 가리켰다.

"새 감독, 가브리엘 사나다. 무지 엘리트라 이런 산골에 올 사람이 아닌데, 내가 특별히 어렵게 모셔왔다. 참고로 연봉도 너희보다 비싸니까 알아서 잘 모셔라, 알간?"

"옛!"

"자, 소개."

손짓하자 가브리엘이 고개를 끄덕이고는 걸어 나왔다.

통역을 통해 자기소개를 간략히 했다.

"가브리엘 사나이고 당분간 감독직을 맡았습니다. 이번 시즌 목표는 1부 리그 승격이고, 그 뒤에는 2년 내에 우승하는 것입니다."

담백한 말투에서 나온 것치고는 대단한 목표였다.

선수들이 놀란 가운데, 더 놀랄 만한 말이 이어졌다.

"기존 감독이셨던 최동준 감독도 수석 코치로 남아 조력하겠다는 데 감사함을 느끼고 있고, 구단주님께서도 선수로서 1년에 세 경기까지 참가하시겠다고 약속하셨습니다."

"헉!"

"구단주님이 선수로?!"

"진짜?!"

"구단주님이 경기를 뛰시면……."

선수들은 놀라 웅성거렸다.

서문엽이 말했다.

"내가 나설 필요 없도록 너희가 잘해라."

"옛!"

그렇게 가브리엘 감독 체제하에서 팀이 새로운 출발을 하게 되었다.

가브리엘 감독은 단체 사냥을 첫 훈련으로 택했다.

모든 선수가 던전에 접속하여 4, 5명씩 짝을 지어 각 구역별로 사냥을 개시했다.

이는 선수들의 움직임을 보고 기본적인 사항을 파악하려는 의도였다.

분석 프로그램이 돌아가면서 선수들의 모든 행동거지를 입력했다.

적을 공격할 때는 근력과 민첩성 등이 측정되고, 이동할 때는 속도가 측정됐다.

다소 오차가 있긴 하지만 분석안으로 보는 것과 제법 비슷한 정도라 함께 영상을 보고 있던 서문엽도 놀랐다.

"음, 이 선수는 정말 모든 부분이 다 문제로군요."

가브리엘이 가장 먼저 언급한 선수는 다름 아닌 조승호였다.

택배 기사였다가 대뜸 영입되어 선수가 된 특이 케이스.

—대상: 조승호(인간)
—근력 37/39
—민첩성 48/49
—속도 74/78
—지구력 45/45
—정신력 77/77
—기술 35/51
—오러 67/70
—리더십 62/82
—전술 74/90
—초능력: 물체 전달, 시야 전달, 오러 전달

서문엽은 증폭된 분석안으로 조승호를 살폈다.

증폭된 분석안은 영상 매체를 통해서도 대상을 볼 수 있어서 한결 편리했다.

"이 정도면 정말 많이 좋아진 편인데."

전반적으로 모든 능력치가 다 상승된 상태의 조승호였다.

비록 던전에서는 숨어서 만화책을 보는 처지의 조승호였지만 나름대로 팀 훈련을 소화하며 많은 노력을 기울였다는 증거였다.

"전반적으로 발전 가능성이 보이지는 않습니다."

가브리엘 감독의 말에 서문엽도 고개를 끄덕였다.

"그렇긴 하지. 기술적인 측면은 아직 기초도 안 되어 있어서 더 가르칠 구석이 있는데, 전반적으로 더 발전하기란 무리지."

"유용한 초능력이 많아서 결국 써야 하긴 하지만, 우리 팀의 약점이 되기도 할 겁니다."

맞는 말이었다.

요즘 같은 시대에 싸움을 전혀 못하는 서포터는 없었다.

아무리 유용한 초능력이 많아도, 적에게 발각돼 죽으면 활용해 보지도 못한다.

하지만 정말 발전 가능성이 없는 것일까?

'증폭'을 얻기 전이라면 서문엽도 동의했을 것이다.

하지만 증폭된 분석안을 통해 서문엽은 조승호의 새로운 재능을 발견할 수 있었다.

"승호를 서브 오더로 키워보는 건 어떨까?"

"서브 오더요?"

"그래, 쟤가 의외로 침착하고 머리가 잘 돌아가. 초능력을 활용해서 적 위치도 파악하는 입장이라 오더를 내리기도 좋고."

"흐음, 메인 오더는 주장 노정환으로 고정하되, 충돌하지 않는 선에서 오더를 따로 내리는 거군요."

서브 오더란 그런 역할이었다.

"지금도 견제를 하러 나왔을 때는 이나연한테 오더를 내리고 있는데 뭘."

어딜 공격하고 어디로 도망쳐야 하는지 조승호가 지시를 내리는 편이었다.

무엇보다도.

'전술 재능 한계치가 90이라니. 감독의 자질이 있는 녀석이잖아?'

리더십과 전술은 지금 현재도 62, 74로 최동준 수석 코치보다 나았다.

"그건 좋은 생각 같습니다. 어차피 다른 부분에서 발전 가능성이 없으니 그렇게라도 해보죠. 그는 제가 직접 지도를 해보겠습니다."

가브리엘 감독도 찬성했다.

다음 관찰 대상은 최정민.

소설가 지망생으로, 아직 고등학교 2학년이었지만 자퇴하고 팀에 들어왔다.

―대상: 최정민(인간)
―근력 65/71
―민첩성 66/81
―속도 60/68

—지구력 57/57

—정신력 90/90

—기술 70/87

—오러 61/63

—리더십 32/37

—전술 86/95

—초능력: 관찰

아직 후보 선수였지만 움직임이 괜찮았다.

관찰로 상대의 약점을 파악할 수 있었기 때문이다.

"움직임이 좋네요. 키워볼 만한 선수입니다."

"관찰을 더 잘 활용하면 자기 능력 이상의 활약을 펼칠 수 있지."

"예, 초능력 덕분에 불필요한 움직임이 없이 공격이 날카롭습니다."

그리고 더 놀라운 건 전술 능력!

리더십은 쓰레기였지만, 전술이 무려 86/95였다.

관찰 초능력과 시너지를 일으킨 탓인지 보다 생각이 깊고 지능적인 타입이었다.

'와, 얘도 나중에 전술 코치 같은 거 시키면 되겠다.'

리더십이 형편없어 감독은 못 되겠지만 말이다.

증폭된 분석안으로 선수들의 새로운 가치를 발견할 때마다 기분이 좋아졌다.

"저 선수도 얼마 전에 영입하셨지요?"

가브리엘 감독은 윤범을 가리키며 물었다.

서문엽은 고개를 끄덕였다.

고등학교에 방문했다가 수험 공부를 하던 놈을 선수 시키려고 잡아온 케이스였다.

"계약에 특이한 사항이 있더군요."

"2년 뒤에 선수 생활 은퇴하면 3억 지급하기로 한 거?"

"예, 그 정도로 주목할 가치가 있었을까요? 전 아무리 봐도 이 선수에게서 특별한 점을 찾을 수가 없습니다."

그럴 만도 했다.

윤범의 능력치는 KB—2 리그에서도 후보에 못 들 수준이었다.

하지만 서문엽이 윤범을 데려온 이유는 따로 있었다.

─그림자 걷기: 그림자 속에서 이동 속도 20% 상승. 70 이상의 오러를 가졌을 시 그림자 속에 스며들어 움직인다.

현재 윤범의 오러는 69/72.

조금만 더 기다리면, 초능력 그림자 걷기의 진가가 나타난다.

오러가 딱 1만 더 오르면 어둠 속을 자유자재로 누비는 암

살자가 탄생하는 것이다.

'빨리 좀 올라라. 1만 오르면 되는데.'

윤범은 서문엽이 가장 터지길 기다리는 로또였다.

터질 날이 얼마 안 남았기 때문에 더욱 조마조마해지는 것이었다.

제3장
자꾸 터진다

가브리엘 사나 감독은 확실히 빅 리그에서 온 엘리트다웠다.

주먹구구식이었던 팀이 한순간에 프로페셔널하게 변해 버렸다.

강화도 산골이라는 미친 위치나, 공장을 급조한 볼품없는 클럽하우스에도 실망한 기색이 없었던 가브리엘 감독.

그러나 팀 운영 방식이나 선수들의 훈련 스케줄을 보더니 눈살을 찌푸렸다.

"지금껏 이따위로 팀이 운영됐습니까?"

전 감독인 최동준 수석 코치는 그 말에 화들짝 놀랐다.

통역을 통해서 건너 듣지 않았으면 심장이 멎을 뻔했다. 물론 이마저도 가브리엘이 빠른 속도로 한국어를 습득하고 있었지만 말이다.

타고난 을인 최동준 수석 코치는 절로 고개를 숙인 채 죄송한 표정이 되었다.

"이런 방식으로 운영되는 팀이 최근에 좋은 성적을 얻었다니, 구단주의 힘이 어느 정도였는지 알겠습니다."

가브리엘은 그날로 클럽 운영 방침과 선수 훈련 스케줄을 새롭게 바꿨다.

상당히 체계적이고 칼 같은 체계에 그동안 자유를 누리고 있었던 선수들은 화들짝 놀라 군기가 바짝 들었다.

당장 훈련부터가 시간은 짧지만 훨씬 힘들어졌다.

다양한 훈련 기구를 프랑스로부터 수입해 훈련에 도입했는데, 선수들은 단기간에 훨씬 힘들어졌다.

"이, 이거 혹사 아니죠?"

"야, 감독이 스포츠의학 박사란다. 혹사인데 혹사가 아니야."

"파리 뤼미에르 BC 리저브 팀의 훈련 방식을 그대로 도입했다고 했어. 그쪽에서는 다들 매일 하는 훈련인 거야."

"명문은 확실히 다르구나."

"같은 사람인데 우리라고 못 할 건 또 뭐야?"

선수들은 갑자기 꽉 잡혀진 클럽 내의 규율에 힘들어했지만, 그것은 기분 좋은 피로감이었다.

이제야 뭔가 프로 팀답게 굴러간다는 신뢰가 생긴 것이다.

가브리엘 감독의 훈련 시스템은 힘들지만 보다 강해질 수 있다는 과학적인 이론과 비전이 뚜렷했다.

분석 프로그램까지 도입되어서 훈련의 성과가 수치화되니 더욱 신뢰가 갔다.

얼마 전까지만 해도 꼴찌를 밥 먹듯이 했던 팀.

그러나 이제는 모든 선수가 향상심을 품게 되었다.

KB7 1부 리그 우승 팀이 승격을 거부한 덕에 간신히 살아남았던 비운의 팀은 YSM의 이름을 달고 비상을 꿈꾸기 시작했다.

'정말 희한하군.'

던전 내에서 벌어지는 훈련 상황을 대형 스크린으로 지켜보던 가브리엘 감독은 의문을 품었다.

'그동안의 훈련 방식이 다 비효율적이었는데, 어째서 몇몇 선수들이 비약적으로 발전했을까?'

지난 시즌에 뚜렷한 발전을 이룬 선수로 4명이 눈에 띄었다.

노정환.

이나연.

조승호.

남궁지훈.

팀의 주장인 노정환은 지구력을 집중적으로 훈련받아 킬과 어시스트가 늘었고, 무엇보다도 세이브 성공률이 비약적으로 상승했다.

세이브란 적의 공격으로부터 아군을 지킨 탱커의 디펜스 성공을 뜻한다.

아군을 데스 위기에서 극적으로 구출해 내는 것은 슈퍼세이브라 부른다.

지난 시즌 노정환은 높은 세이브 성공률은 물론이고 슈퍼세이브도 자주 연출했다.

이제야 받쳐주는 선수들이 있어서 빛을 보기 시작했다는 게 세간의 평가였지만, 가브리엘 감독이 보기에는 아니었다.

'그 이전 경기들을 보면 부족한 점이 많았어. 지난 시즌에 갑자기 기량이 오른 건 역시 지구력이 상승한 덕이다.'

지구력이 좋아지니 더 활발하게 움직일 수 있었고, 그 결과 아군을 보호하러 부지런하게 움직인 것.

육상 선수처럼 스프린터만 죽어라 훈련시킨 이나연이나 조승호도 마찬가지.

서포터였다가 뜬금없이 근접 딜러로 포지션이 변경되어서 검술 훈련을 집중적으로 받은 남궁지훈도 신기했다.

남궁지훈은 검을 대단히 섬세하게 다루는 재능이 있었다.

그간 집중 검술 훈련을 받고 경기에도 출전해 실전 경험을 쌓았기에 수면 위로 재능이 드러난 것이다.

그렇지 않았으면 가브리엘 감독도 알아차리지 못했을 터였다.

'대체 구단주는 어떻게 검술에 재능이 있다는 걸 알아차렸지?'

이들 네 선수의 맞춤 훈련을 지시한 사람은 바로 서문엽이었다.

심지어는 상위 리그 강팀의 주전 근접 딜러였던 최혁을 데려와 탱커로 포지션 변경시켜 버리는 배짱까지.

웃긴 것은 최혁의 탱커로서의 자질이 슬슬 보이기 시작했다는 점이다.

YSM로 이적해 와서는 휴식기 동안 휴가를 반납하고 근력 단련만 몰두했다는 최혁.

근력의 가파른 성장세를 보니 확실히 탱커감이었다.

옵서버의 초점을 조정하여서 최혁이 싸우는 모습을 클로즈업시켰다.

분석 프로그램이 최혁이 보여주는 움직임에 따라 수치를 측정했다.

카이트 실드를 왼쪽 가슴에 당긴 기본자세는 서문엽에게 배운 그대로. 오른손에 쥔 검을 휘두르며 잘 싸운다.

마치 근접 딜러에게 방패를 얹은 느낌이지만 이게 또 나쁘지 않았다.

'요즘은 탱커의 공격력이 중요시되는 시기니까.'

덩치에서 뿜어져 나오는 힘과 방어력이 중시되던 클래식 탱커의 시대가 저물고, 치치 루카스 같은 날렵하고 발 빠른 탱커로 트렌드가 옮겨가고 있었다.

탱커에게 딜러만큼의 공격력을 요구하는 시기.

'생각해 보니 우리 구단주가 딱이군.'

왼손으로 창을 써서 나단을 상대해 버린 미친 창술.

던지기는 보고도 못 피할 정도.

민첩성도 분신을 쓴 나단과 싸울 정도로 빠르다.

'어딜 봐도 돌아가서 배틀필드나 하라고 살려 보내준 것 같은데.'

너무 절묘한 시대에 생환한 서문엽이었다.

배틀필드의 트렌드조차도 서문엽에게 손짓하고 있었다.

아무튼 가브리엘 감독은 이번 시즌의 전망을 낙관적으로 보았다.

'이 멤버로 포스트시즌까지 가는 것은 어렵지 않다.'

그리고 포스트시즌만 가면 구단주 3회 이용권을 써서 100% 우승 확정이었다.

그런데 그때였다.

"응?"

가브리엘 감독은 분석 프로그램이 도출한 이상한 수치에 의문을 느꼈다.

최전방에서 디펜스를 하며 스테이지 보스 몹과 싸우는 최혁.

방패만으로 다 막을 수는 없었고, 몸에 자잘한 상처를 입었다.

어쩔 수 없을 때는 중상만 피하고 적당히 감수하는 탱커의 기본기를 어느 정도 숙지한 모습이었다.

그런데 최혁이 입은 부상 정도를 나타낸 수치가 이상했다.

"뭔가 이상하십니까?"

최동준 수석 코치가 물었다. 옆에 얌전히 있긴 했지만, 나름 분석 프로그램을 어떻게 다루는지를 어깨너머로 배우는 중이었다.

가브리엘 감독이 물었다.

"최혁의 초능력은 오러 집중 하나가 맞습니까?"

통역을 통해 질문을 받고는 고개를 끄덕이는 최동준 수석 코치.

"그럼요."

"이상하군. 내 생각이 옳다면 최혁의 초능력은 2개인데."

그렇게 중얼거리는 가브리엘 감독.

"예?"

최동준 수석 코치의 두 눈이 휘둥그레졌다.

계속 나타나는 수치를 보며 가브리엘 감독은 씨익 웃었다.

"구단주 말이 옳았어. 완벽한 탱커감이야."

코치진은 분석 프로그램을 볼 줄 몰라 그저 어리둥절할 따름이었다.

가브리엘 감독이 분석 프로그램을 통해 발견한 초능력은 바로.

─내구력 강화: 오러가 항시 몸을 보호하고 있어 외부 충격에 쉽게 다치지 않는다.

서문엽이 최혁을 탱커로 만든 근본적인 이유인 내구력 강화였다.

오러가 항시 몸을 보호하고 있어서 외부 충격에 쉽게 다치지 않는 초능력이었다.

사냥 포인트로 생기는 오러처럼 몸을 감싸는 형태가 아니라, 내부에서 보호 작용을 하는 터라 본인이 모르면 알아차리기 쉽지 않은 패시브 타입 초능력이었다.

'설마 이것까지 알아차리고서 영입한 건가?'

구단주에 대한 신비감은 더욱 커졌다.

그리고 아마도 이 사실이 밝혀지면 쌍성 스피리츠는 아까워서 뒷목을 잡을지도 몰랐다.

괜히 팀 규모치고는 큰돈을 썼다고 생각했던 영입이 대성공이었다는 게 밝혀진 순간이었다.

"저, 그럼 최혁도 주전으로 쓰실 생각이십니까?"

최동준 수석 코치가 슬그머니 질문을 했다.

가브리엘 감독은 고개를 끄덕였다.

"포지션이 낯설긴 하지만 2부 리그에서는 충분한 실력입니다. 거기다가 실전에 계속 내보내라는 구단주님의 지침도 있었습니다."

가브리엘 감독은 생각난 김에 옵서버를 조정하여서 새로운 영입생인 소설가 지망생 최정민을 확대했다.

"이 선수도 선발입니다."

"그러면 팀워크에 너무 혼란이 오지 않을까요?"

최동준 수석 코치는 전 감독으로서 이 팀에 대해 잘 알았으므로 이의를 제기했다.

"이나연, 조승호, 남궁지훈도 주전이 아니었습니다. 새로 영입된 최혁도 마찬가지고요. 거기에 역시나 신인인 최정민까지 끼면, 11명 중 5명은 조직력에 녹아들지 못한 채로 팀플레이를 해야 됩니다."

"타당한 의견입니다."

가브리엘 감독은 전 감독이었던 그의 입장을 존중해 주었다.

"하지만 제게 계획이 있습니다."

사냥 훈련이 끝나고, 가브리엘 감독은 선수들을 모아놓고 분석 결과를 통지해 주었다.

선수들은 조금씩이지만 오르고 있는 수치에 만족감을 느꼈고, 최혁의 경우는 대박이 나서 뛸 듯이 기뻐했다.

"제게 그런 초능력이 있었다고요?!"

"얼마 전에 갑자기 생겼을 리는 없고, 이전부터 각성했지만 자각을 못 했던 것 같은데, 이전 팀에서 분석 프로그램으로 알아차리지 못했나?"

"그걸 알았으면 포지션 변경에 진즉 동의해 줬겠죠! 국가 대표로도 뽑아준다고 했는데!"

"분석 프로그램을 아주 잘 다루는 사람이 아니면 알아차리기 힘들긴 하지."

가브리엘 감독의 말에 최혁은 머리를 긁적였다.

"선수 외에 다른 인력에 돈을 많이 쓸 팀은 아니죠."

쌍성 스피리츠뿐만 아니라 한국 클럽의 공통된 특징이었다.

일단 해외 명문 팀에서 쓴다니까 따라 쓰긴 하는데, 몸값 비싼 실력자는 엄두도 못 내고 실력이 뒤떨어지지만 연봉 적당한 사람을 고용해 구색만 맞춘다.

"아무튼 이렇게 되면 내가 구상한 전술에 완벽히 맞아떨어지는 멤버 구성이 나왔군."

그 말에 선수들은 의아한 표정들이 됐다.

"팀 내에 새로운 팀이 만들어질 것이다. 이나연, 조승호, 남궁지훈, 최혁, 그리고 최정민. 이렇게 5명은 한 조로 움직이며 전진 배치되어 상대 팀을 압박하는 선발대 역할을 할 것이다. 그리고……."

가브리엘 감독은 조승호를 가리켰다.

"그 팀의 주장은 조승호다."

"…네?"

조승호가 눈을 끔뻑였다.

"탱커 1명, 원거리 딜러 1명, 근접 딜러 2명, 서포터 1명. 완벽한 조합이지. 어때, 할 수 있겠나?"

조승호는 방금 사냥 훈련에서도 사냥에 동참했다가 방해만 되는 바람에 구석에서 쪼그려 앉아 있어야 했던 처지라 그저 뜬금없을 따름이었다.

하지만 은근히 시키면 빼지 않는 대범한 구석이 있는 조승호였다.

"잘못돼도 제 책임 아니죠?"

가브리엘 감독은 미소를 지었다.

"구단주는 네게 전술가적인 자질이 있으니 서브 오더로 키워보자고 하셨다. 난 구단주의 안목을 상당히 신뢰하는 편이지. 그러니 이번 시즌은 너에게 걸어보고자 한다."

"아니, 제대로 말해줘요. 잘못돼도 제 탓 하시면 안 돼요?"

"물론 내 책임이다."

택배 기사 2년, 배틀필드 선수 반년.

조승호의 인생에 봄이 오려 하고 있었다.

*　　　*　　　*

후반기 시즌이 머지않았을 무렵.

이적 시즌이 서서히 끝나가자 전력 보강이 다급해진 클럽들의 행보가 부쩍 활발해졌다.

전 세계에서 벌어지는 영입 러시.

그 타깃은 YSM도 피해가지 못했다.

한국 2부 리그 중위권 팀에 불과했지만, 서문엽이 구단주로 취임하는 바람에 배틀필드 관계자라면 모두가 아는 팀이 된 탓이다.

"죄송하지만 이나연 선수는 이적 대상이 아닙니다."

"Not for sale!"

사무실에서는 KB-1 리그 팀들은 물론 일본, 아랍권에서도 밀려오는 영입 제의를 거절하느라 진땀을 뺐다.

가장 핫한 선수는 뭐니 뭐니 해도 이나연이었다.

빠른 발과 미친 점프로 적진 한복판에서 난동을 부리는 이나연의 견제 플레이는 많은 클럽들을 매료시켰다.

거기에 조승호까지 세트로 영입하겠다며 거액을 제시하는 해외 클럽들도 있어서 서문엽을 혹하게 만들었다.

"둘이 세트로 500만 달러? 아랍 애들 미쳤네."

서문엽이 혀를 내둘렀다.

운영 팀의 사무 업무를 돕고 있었던 최동준 수석 코치가 옆에서 대꾸했다.

"단시간이지만 워낙 임팩트가 강했고, 구단주님께서 직접 고르신 콤비라는 게 또 신뢰가 있어서 일본이나 아랍권, 그리고 유럽의 하위 리그 등에서 관심이 많습니다."

"이야, 축구였다면 중국에 2배는 더 비싸게 받고 팔았을 텐데."

아쉽게도 중국 배틀필드는 축구와 달리 폐쇄적이었다.

중국은 초인들을 매우 소중한 국가 전력으로 여기기 때문에 해외와의 교류 자체를 꺼려했다.

또한 초인들의 숫자가 워낙 많아 실력자들도 많은 편이었다.

중국 리그를 보면 배틀필드와 함께 각종 전통 중국 무술이 되살아나면서 이색적이고 화려했다.

뜬구름 잡는 무술 이론을 정말로 실현시켜 줄 수 있는 초인들이 나타나자 생겨난 일이었다.

'지저 전쟁 때는 잠잠했는데 전쟁 끝나고 배틀필드가 생기니까 확 일어났다지?'

전쟁 때는 목숨이 걸린 판이라 실용성이 검증도 안 된 전통 무술 따위에 목맬 여유가 없었다.

그런데 이제는 스포츠이니 엔터테인먼트 요소가 부각되어서 중국인들이 좋아하는 무술 액션이 확 떴다.

중국은 현재 배틀필드계의 갈라파고스라 불리는데, 정말 세계 트렌드와 동떨어진 고유의 색깔을 갖춰가는 중이었다.

"저, 그런데 500만 달러에 애들 파실 겁니까?"

"미쳤어?"

서문엽이 강하게 부정했다.

"500만 달러 같은 푼돈에 팔 리가 있나."

"방금 전에는 금액을 듣고 감탄하셨잖습니까."

"그야 이제 반 시즌 반짝 활약한 애송이들을 그 가격에 사겠다니 놀란 거고. 하연이 이적료가 겨우 250만 유로였는데 애들 둘이 뭐라고 세트로 500만 달러야?"

"백하연 선수는 계약 기간이 얼마 안 남아서 이적료가 싸진 거긴 하지만, 그래도 나연이와 승호가 500만 달러라는 건 좀 과하죠. 그럼 과하게 불렀을 때 파는 게 이득이긴 하잖습니까?"

사실 이나연과 조승호는 서로 함께해야 시너지를 발휘하기 때문에 세트로 묶어서 비싸진 측면이 있었다.

서문엽은 고개를 저었다.

"넷티는 몰라도 조승호는 안 돼."

"예? 나연이가 아니라요?"

최동준 수석 코치는 의외라는 얼굴이 됐다.

"넷티 스타일은 한계가 뚜렷하잖아. 근데 승호는 활용 가치가 아주 커."

물체 전달, 시야 전달, 오러 전달.

이 3가지 전달 시리즈는 서문엽처럼 전술적 창의성이 풍부한 사람에게 많은 영감과 아이디어를 주는 재료였다.

서문엽은 당장 자신이 경기를 뛰었을 때 조승호를 활용할 방법을 몇 가지 생각해 놓은 상태였다.

자선 경기 2세트의 올킬만큼이나 대중들에게 충격을 선사할 생각이었다.

'아, 기다려진다. 실현만 되면 5분 안에 게임이 끝나 버릴 거야.'

허망해진 상대 팀 선수들.

충격 먹은 관중들.

상상할수록 신나는 서문엽이었다.

겸사겸사 무기 스폰서십 계약 조건으로 200만 유로를 더 챙길 수 있으니 가지가지로 개이득!

그러려면 조승호는 꼭 데리고 있어야 했다.

"하긴, 걔네들을 팔면 가브리엘 감독이 화내겠죠."

"그래, 그래서 더 안 돼."

"그럼 감독의 시즌 구상에 없는 선수들을 처분하는 건 어떨까요?"

서문엽은 그런 제안을 하는 최동준 수석 코치를 빤히 쳐다봤다.

"걔들 다 네가 데리고 있던 애들이잖아? 왜 팔려고 해?"

구상에 없는 선수들.

그들은 본래 주전이었으나 신인들의 약진으로 밀려난 기존 선수들이었다.

최동준 수석 코치는 머리를 긁적이며 답했다.

"안목 좋으신 구단주님도 걔네들에게는 아무 관심도 안 보이시고, 주전에도 밀려났으니, 차라리 경기를 뛸 수 있는 곳으로 보내주는 게 걔네들한테도 좋지 않을까 싶어서요."

"솔직히 걔들은 끽해야 2부 리그가 한계지."

서문엽은 냉정하게 평가했다.

"근데 우리 팀에 선수는 18명밖에 없어. 가브리엘도 별말 없고 본인들도 요청이 없으면 그냥 놔둬."

"네……"

그 말에 최동준 수석 코치도 납득했다. 하기야 지금은 모두가 우승과 승격을 목표로 하고 있었다. 굳이 벌써부터 분위기에 찬물을 끼얹을 필요는 없을 듯했다.

아무튼 선수 이적은 아무도 없는 것으로 못을 박았다.

오히려 마음 같아서는 4명을 더 영입해서 22명을 다 채우고 싶은 서문엽이었다.

'그럼 나의 로또나 보러 가볼까?'

서문엽은 휴게실에서 윤범을 발견해 냈다.

윤범은 무슨 이유인지 한숨을 푹 쉬고 있었다.

"땅 꺼지겠다."

"헉, 구단주님!"

"뭘 그렇게 화들짝 놀라?"

서문엽은 자신과 마주치자 기겁을 하는 윤범의 태도가 마음에 들지 않았다.

"아, 그냥 놀라서요."

"앞으로 날 보면 존경과 반가움을 표시해라, 알겠냐? 확 그냥."

"…네."

역시 일진 같다고 속으로 중얼거리는 윤범이었다.

"자, 형한테 말해봐. 고민이 뭐야?"

어깨동무를 하며 선심 썼다는 듯이 말을 건네는 서문엽.

윤범은 정말 부담돼서 말 섞기 싫어졌지만, 하는 수 없이 입을 열었다.

"제 실력이 가장 형편없어서요."

"이제 막 영입된 신인 놈이 무슨 벌써부터 좌절이야?"

"학생 때랑 똑같다고요. 그때도 실력이 부족해서 관뒀는데, 역시나 지금도 마찬가지잖아요. 저보다 한 살 어린 정민이는 벌써 주전에 낙점됐는데."

"걘 원래 재능 있었고 넌 아니잖아."

서문엽의 돌직구. 확실히 상담에 어울리는 성격이 아니었다.

고민을 털어놓을수록 더욱 상처를 받는 신비한 상담을 받으며 윤범은 죽을상이 되었다.

"그러게 왜 굳이 저를 데려오신 거예요? 재능이라고는 조금도 없는데!"

"재능은 없지만 좋은 초능력을 가지고 있잖아."

"그늘에서 이동 속도 올라가는 거요? 제가 여기서 이동 속도 조금 늘어난 거 가지고 뭘 어쩌라고요? 초능력을 발휘해도 이나연 선배님 발끝도 못 쫓아간다고요."

그건 맞다.

윤범의 속도는 50/57.

그림자 속에서 이동 속도 20% 상승을 적용받아도 팀 내에서는 그저 그런 수준이었다.

가진 초능력이라고는 그것밖에 없으니 더욱 좌절할 만했다.

"내가 말했잖아. 그런 초능력은 아직 다 개발된 게 아니라고."

"확실히 찾아보니까 오러양에 따라 초능력의 특성이 달라지는 사례가 있긴 했지만 극히 드문 케이스잖아요. 구단주님은 어떻게 그걸 장담하시는 거예요?"

"장담은 안 했고, 대신 2년 뒤에 그만두면 3억 준다고 보장했잖아. 3억이면 치킨집도 차릴 수 있어."

"안 차려요! 공부해서 대학 갈 거라고요!"

버럭 성질내는 윤범.

서문엽이 인상을 썼다.

"개새야, 치킨집 무시했냐? 근데 이 새끼 고함을 지르네."

"죄, 죄송합니다."

바로 심장이 쪼그라든 윤범이었다.

대화를 나눌수록 더 힘들어지는 서문엽의 디버프 상담!

서문엽은 아까보다 표정이 더 안 좋아진 윤범에게 말했다.

"넌 이러고 있을 시간에 오러를 더 연마해."

"명상을 하면서 오러 통제에 신경을 쓰고 있긴 해요. 근데 이런 건 효과가 미미하다면서요?"

오러는 따로 수련하지 않아도 딱 정해진 재능만큼 나타나는 편이다.

수련 방법이 있긴 하지만 그 시간에 다른 훈련을 하는 게 이득이긴 했다.

"미미하지만 효과가 없는 건 아니지. 어차피 네 재능은 썩 었어. 승호랑 쌍벽이야."

"그, 그 정도는……"

조승호는 같이 사냥하면 도리어 방해가 되는 수준! 좌절에 빠진 윤범도 거기까지는 양보할 수 없었다.

하지만 윤범이 지금 그림자 걷기를 써도 조승호보다 발이 느리다.

거기에 윤범은 증폭된 분석안으로 본 결과, 리더십과 전술도 각각 20/20, 31/45에 불과했다.

'따지면 따질수록 윤범이 더 쓸모없지만 굳이 말하진 말자. 난 배려심 있는 따뜻한 남자니까.'

윤범이 들었으면 말도 안 된다고 노발대발했을 생각을 하는 서문엽이었다.

"아무튼 아무리 훈련해도 네 선수 생활에 큰 변화는 없을 거란 말이야. 그럴 바에는 크게 한 방 터뜨릴 수 있는 대박을 노려야지."

"무슨 어른이 꾸준함보다 대박을 노리라고 권하세요?"

"내가 못 배워서 그렇다, 씨발아."

"그, 그런 뜻으로 한 말이 아니잖아요."

크게 당황한 윤범.

서문엽은 쯧쯧 혀를 찼다.

"남자답게 되고 싶어서 배틀필드를 했지?"

"네……."

"그럼 더욱 내 말을 들어야지. 돈이 있으면 더 큰돈을 벌기 위해 도박장에 가야 대범한 남자야."

난잡한 10대 후반 시절의 경험담이었다. 던전에서 목숨 건 스릴이 더 재미있어서 관뒀지만 말이다.

"그, 그런 미친……."

"뭐 인마?"

"아, 아무것도 아니에요."

"좋아! 그럼 네게 적합한 오러 수련법을 찾아보자."

"그런 게 있어요?"

"오러는 네 각성과 관련이 있는 곳에서 더 활발해지는 특성이 있거든."

"구단주님도 그런 곳이 있나요?"

"난 던전에서 더 잘됐어."

"던전?"

"던전에 있을 때는 내가 쓸모 있는 사람이란 걸 느낄 수 있었거든."

"…네?"

"내가 살던 고아원의 일상은 네가 겪은 일 정도는 아무것도 아니야. 고아원장부터가 폭력을 휘두르니 애들도 복싱을 한답시고 때리고 괴롭히며 놀았지. 그땐 복싱이 유행이었거든. 개새끼들……."

그 말에 윤범은 충격을 받았다.

저 강인한 서문엽조차도 그런 아픔이 있었단 말인가?

서문엽은 웃으며 윤범의 머리를 쓰다듬었다.

"형태는 달라도 누구나 너만큼의 상처는 있어. 다 짊어지고 참고 살아갈 뿐이야."

"……."

어쩐지 눈시울이 붉어진 윤범.

아픈 과거와 좌절, 열등감.

누구나 다 그런 것을 견디며 살아간다는 말에 까닭 없이 감동을 느꼈다.

"자, 그럼 너에게 적합한 장소를 찾아야지. 넌 타고난 찐따니까 사람들 눈에 안 띄는 그늘진 곳을 찾아보자."

"그, 그런 말을……!"

찐따라는 말에 상처 입은 윤범.

감동 따위는 채 3초를 가지 않고 소멸했다.

신비의 디버프 상담은 아직 진행 중이었다.

여담으로 서문엽은 고아원 시절, 몇 살이나 많은 상대를 돌로 찍어 병원에 보냈었다.

병원에서 돌아와 복수하려 들자 다시 한번 돌로 찍어서 미친놈 인증을 했다. 당연히 그 뒤로 아무도 시비를 안 걸었다.

그러나 자신이 폭행한 사실은 곧잘 잊어버리기 때문에 원한만 기억하는 서문엽이었다.

*   *   *

"아무도 안 오고, 햇볕도 들지 않는 어두운 곳으로 가자."

"왜 그런 곳을 찾는 건데요!"

"그건 네 초능력을 보고 물어라."

윤범은 기분이 나빴지만 반박할 말이 궁했다.

초능력은 초인의 경험과 정신 상태, 혹은 체질에 따라 결정된다.

그림자 걷기.

아무리 봐도 어두침침한 성격을 짐작케 하는 초능력이었다.

"그건 편견이에요. 전 그렇게 음침한 놈이 아니라고요!"

"자, 이 산으로 올라가 보자. 이 산을 누가 올라가겠어?"

"아니, 제 말 듣고 계세요?"

"시험해 보고 아니면 마는 거지 왜 지랄이야? 넌 내가 한가해 보이냐?"

"……."

하마터면 '네'라고 대답할 뻔했다.

그렇게 윤범의 체질에 맞는 장소를 찾는 여정이 시작되었다.

누구 하나 등산하러 올 리가 없는 그냥 흔한 동네 산.

"어디 동굴 없냐?"

"제가 박쥐예요?! 그리고 이런 산에 동굴이 어디 있어요!"

"있으면?"

"네?"

"찾아서 동굴 나오면 뒈진다?"

서문엽은 말문이 막혔는지 시비를 걸어왔다.

윤범은 황당함을 금치 못했다.

"어, 없으면요?"

"너도 나 한 대 때려."

"…됐어요."

"저쪽에 가보자, 찐따야. 저쪽이 그늘졌다."

"찐따라고 하지 마요!"

"품, 되게 예민하네."

"구단주님은 이나연 선배도 계속 넷티라고 부르시잖아요.

그런 이상한 별명이 구단주님 입에 붙으면 전 고개도 못 들어
요!"

서문엽은 뜨끔했다.

'이 자식, 은근 할 말은 다 하네.'

서문엽에게 억울한 취급을 받았을 뿐, 사실 윤범은 배틀필
드 선수 생활도 했고 수능 준비도 착실히 해서 서울 4년제 대
학을 노렸다. 결코 어리바리하고 멍청한 성격은 아니었다.

둘은 산속을 돌아다녔다.

초인 둘이 산 좀 탄다고 피곤할 리 없었지만, 윤범은 이게
무슨 짓인가 하는 회의감이 들었다.

그때, 서문엽이 소리쳤다.

"여기다!"

"어?"

산 중턱쯤 되는 곳.

활엽수가 가득 우거진 지형이었다.

그리고 3미터쯤 될 법한 커다란 바위가 땅에 박혀 있었다.

윤범이 떨떠름한 표정으로 물었다.

"저 바위 위에서 하라고요?"

"인마, 네가 무슨 도사냐? 바위 위에서 도 닦게?"

"그럼요?"

"자, 바로 여기야."

서문엽은 바위 뒤편을 가리켰다.

큰 바위에 가려져 그늘지고 주변도 높게 자란 잡초와 넝쿨로 시야가 가려진 장소였다.

그야말로 매복을 하라면 바로 여기라고 소리칠 만한 은폐 엄폐 포인트!

윤범은 얼굴을 일그러뜨렸다.

"바위 위를 놔두고 왜 이런 곳에 숨어서 오러를 연마해요! 제가 무슨 죄졌어요?"

"그건 네 초능력에게 물어보라니까? 내가 묻고 싶네. 너 무슨 죄졌냐? 왜 그림자 속에서 빨리 움직이는데? 도둑놈이냐?"

서문엽이 적반하장으로 호통쳤다.

윤범은 황당했지만 아예 틀린 말도 아니라서 대꾸를 못 했다.

"넷티랑 콤비 짜지 그러냐? 도둑 연놈 콤비!"

"도둑이라고 하지 마요!"

"이 새긴 다 부르지 말래. 찐따랑 도둑이랑 둘 중 하나 골라!"

"둘 다 싫다고요! 그냥 이름 불러요!"

"자자, 알았으니까 시키는 대로 해봐. 넌 잘 모르나 본데, 이건 내 꿀팁이야. 다들 오러 연마에 대한 필요성을 잘 못 느껴서 모르는 비법이라고."

"구단주님도 이런 식으로 성과를 보신 거예요?"

"그래. 공략 끝난 미공개 던전을 붕괴시키지 않고 나만의 비밀 장소로 삼으면서 오러 연마를 했다."

던전을 지탱하는 코어를 파괴하지 않고 놔두면 던전은 그대로 유지된다.

이를 이용해 서문엽은 자신이 우연히 발견한 던전을 외부에 알리지 않고 홀로 공략한 후, 자신의 비밀 장소로 삼았다.

다만 귀환석이 없으면 나올 수 없으므로, 이제는 쓸 수 없는 장소였다. 더 이상 귀환석이 만들어지지 않기 때문이다.

'오러 재능 100을 꽉 채우려고 거기서 부단히 노력했지. 정말 힘들었어.'

오러가 98/100에서 잘 안 오르는 바람에 짜증이 난 서문엽은 미친 듯이 수련에 몰두했다.

온갖 수련법을 동원해 본 결과 알아낸 최적의 오러 수련법을 윤범에게 가르쳐 주는 것이었다.

물론 놀리는 마음도 3할쯤 있지만 어쨌든 윤범이 잘돼야 서문엽도 이득인 상황이었다.

"어휴, 알았어요."

윤범은 바위 뒤편에 숨듯이 몸을 웅크리고 앉았다.

그 모습을 보고 서문엽이 픕 웃었다.

"웃지 마요!"

"미안. 하도 보기 짠해서."

"이게 다 구단주님이 시켜서잖아요."

"알았어, 인마. 난 이만 가볼 테니까 거기서 혼자 조용히 수

런해 봐."

"네……."

그렇게 윤범은 수련을 개시했다.

조용하고 아늑한 바위 뒤에 홀로 웅크리고 앉아 있으니 고요함이 찾아들었다.

문득 떠올랐다.

서문엽에게 시달리느라, 자신을 괴롭혔던 번뇌를 어느새 잊고 있었다는 것을.

윤범은 한 가지 깨달았다.

아픈 과거보다도, 미래에 대한 걱정보다도.

'당장 이놈의 구단주가 놀리는 게 더 싫다!'

서문엽 앞에서는 모든 고민이 다 부질없다는 신기한 결론에 이르자, 윤범은 오러 수련에 집중했다.

'강해져서 놀림 안 받을 거다! 해볼 만큼은 해보겠어. 안 되면 공부하지 뭐!'

마음을 비우고 집중했다.

오러에 모든 신경을 기울이고, 오러를 천천히 움직였다.

활발한 상태로 돼야 오러가 오러를 불러와 조금씩 성장하는 원리였다.

기분 탓인지, 아니면 서문엽의 조언에 따른 플라시보 효과인지, 분명 오러가 더 활발하게 움직이는 느낌이 들었다.

느낌이 좋았다.

하지만 첫날부터 성과가 생길 리는 없었다.

윤범은 그날 이후로 매일 훈련이 끝나면 이곳에서 오러 수련을 더했다.

*　　　*　　　*

새롭게 떠오른 YSM의 에이스 이나연은 훈련을 마치고 바람을 쐬러 옥상에 올라왔다.

사방팔방이 자연과 함께한 산책로라 굳이 옥상에 올라올 필요는 없었지만, 아무도 옥상에 오지 않으므로 전세 낸 기분이 좋았다.

그런데 오늘은 다른 사람이 더 있었다.

서문엽이 옥상에서 쌍안경으로 산속을 보고 있었다.

"어? 안녕하세요!"

이나연이 반갑게 인사했다.

이나연은 팀 내에서 구단주를 가장 좋아하는 사람이었다.

다른 이들이야 존경하면서도 막상 상대하기는 부담스러워하는 면이 있었다. 워낙 거물이라 자연히 위축되는 것.

하지만 이나연은 늘 별명으로 불려서인지 서문엽에게 친근감을 느꼈다. 은혜를 입은 점도 있어 더욱 그랬다.

"어, 그래."

서문엽은 쌍안경에서 시선을 떼지 않은 채 건성으로 인사를 받아주었다.

이나연은 의아함을 느꼈다.

"뭘 보세요?"

"그냥."

"아하, 야생동물 보세요?"

"응."

귀찮아서 대충 그렇다고 대꾸한 서문엽.

하지만 그 말에 이나연은 눈빛이 더욱 초롱초롱해졌다.

"우왕, 그런 취미가 있으셨구나. 저도 동물 무지 좋아해요!"

"그래그래."

"뭐 보세요? 멧돼지? 고라니? 새?"

"뭐 비슷한 거지."

"그런 게 어디 있어요! 저도 한 번만 보여주시면 안 돼요?"

"…안 돼."

서문엽의 목소리에 살짝 당혹이 어렸다.

"치사해! 한 번만 보여주세요."

"안 된다니까."

"잠깐만 보여주는 건 괜찮잖아요."

이나연은 섭섭하다는 투로 투정을 부렸다.

서문엽은 더욱 곤혹스러워졌다.

그깟 쌍안경 한 번 안 빌려주는 치사한 놈이 되어가고 있었다.

보여줄 수 없는 이유야 당연했다.

쌍안경으로 보던 건 동물이 아니라 바위 뒤 틈새에 있는 윤범이었으니까.

언제쯤 오러가 69에서 70으로 바뀔까 하고, 조마조마하고 기대되는 재미로 윤범을 염탐하고 있었던 것이다.

당연히 저 장소도, 옥상에서 쌍안경으로 볼 수 있기 때문에 선정한 것이었다.

"내가 실은 도구에 결벽증 비슷한 게 있어."

"어머, 정말요?"

"응, 쌍안경이나 카메라처럼 렌즈가 달려 있는 물건은 남의 손을 타는 게 거북하더라고. 네가 이해 좀 해줘."

없었던 결벽증이 탄생했다.

"아항, 알겠어요."

다행히 쉽게 수긍한 이나연.

하지만 서문엽이 미처 간과한 사실이 있었다.

"근데 동물들을 보며 힐링을 하는 건 좋은 방법 같아요. 저도 훈련으로 피로가 쌓인 멘탈을 그런 식으로 풀어야겠어요."

"…응?"

"저도 쌍안경 사 올게요. 우리 같이 동물들 구경하고 놀아요."

"그, 그래."

외통수에 걸린 서문엽은 그냥 에라, 모르겠다는 심정이 되었다.

'미안하다, 윤범아.'

이나연이 쌍안경을 사오면 윤범을 발견할 터였다.

하지만 자신의 일이 아니므로 그만 신경 끄기로 했다.

'물론 이상한 놈으로 보겠지만, 넷티 성격이면 널 더 신경 써서 보살펴 줄 거다. 어찌 보면 내가 또 윤범을 위해 좋은 일을 한 건 한 셈이군.'

죄책감은 0.1%도 없이 사라져 버렸다.

그리하여 이틀 후.

이나연은 택배로 받은 쌍안경을 보여주며 신이 났다.

"저도 샀어요! 같이 동물 봐요!"

"그러자꾸나."

서문엽은 더 이상 윤범을 걱정하지 않았다. 이나연에게 발견되든 말든 신경 쓰지 않기로 이미 결심했으니까.

"어디에 동물이 많아요?"

"저쪽에 고라니 있더라."

서문엽은 윤범의 반대편을 가리켰다.

"고라니 예쁘겠다! 근데 구단주님은 저쪽만 보고 있었잖아요."

"이, 이건 동물을 보는 게 아니라 일종의 가상 사냥이야."

"가상 사냥?"

"동물의 흔적이 있나 살피고 있었어. 흔적을 발견하면 그걸 쫓아가며 타깃을 찾아내는 거지."

거짓말이 술술 나왔다.

"아항! 그럼 전 고라니나 찾아볼게요."

이나연은 고라니는 발견 못 했지만, 딱따구리를 발견하여서
이내 그것에 집중했다.

하지만 이내 옆에 있는 서문엽이 신경 쓰였다.

'구단주님은 뭘 보실까?'

문득 궁금해졌다.

서문엽이 무엇을 보며 무슨 생각을 하는지 알고 싶었다.

그래서 슬그머니 쌍안경의 방향을 돌려 서문엽이 무엇을 보
나 찾으려는 찰나였다.

"됐다!"

서문엽이 돌연 크게 환호했다.

"네, 네?"

깜짝 놀란 이나연.

서문엽은 씨익 웃으며 좋아했다.

"방금 로또가 터졌어."

"로또요?"

"아무튼 먼저 갈게!"

"구, 구단주님!"

서문엽은 쌩하니 옥상에서 사라져 버렸다.

갑자기 떠나 버리니 조금 섭섭했지만, 이나연은 서문엽이

뭘 보고 그런 소리를 했는지 궁금했다.

그리고······.

그날 밤에 수련을 마치고 돌아온 윤범은 이상함을 느꼈다.

돌아오니 먼저 얄미운 구단주가 반겼다.

"여, 효과가 있지?"

"음, 기분 탓인지 모르겠지만 그런 것 같아요."

"기분 탓이 아닐 거야."

"아무튼 조언 감사합니다."

"그래그래."

서문엽은 어깨를 툭툭 치며 윤범을 격려했다.

그런 친절한 구단주의 태도는 처음이라 윤범은 도리어 오싹함을 느꼈다.

그런데 숙소 건물에서는 팀 선배인 이나연과 마주쳤다.

"어? 선배님."

"그래, 윤범아. 뭐 하다 왔어?"

"네, 혼자 수련을 좀······."

그 말에 이나연은 무슨 이유인지 측은함과 걱정이 가득한 눈이 되었다.

"고민 같은 건 없고?"

"네, 물어봐 주셔서 감사합니다."

비록 이나연은 성격 좋고 발랄한 여자였지만, 윤범은 선배에 대한 깍듯한 예우를 잊지 않았다.

"그래, 고민 같은 거 있으면 언제든지 나한테 말하고."

"네!"

윤범은 걱정해 주는 이나연에게 감동했다.

이런 좋은 선배들이 있으니 YSM에 입단하길 잘했다는 생각이 조금씩 들기 시작했다.

자신의 방으로 돌아가는 길에도 윤범은 등 뒤에서 이나연이 측은하게 바라보고 있다는 사실을 알아차리지 못했다.

제4장

비밀 장소

후반기 시즌 시작.

11위에서부터 시작한 YSM은 후반기 첫 경기부터 파란을 일으켰다.

―윤범, 1킬!
―윤범, 2킬!

그림자 속에 스며들어 있던 윤범이 튀어나와 순식간에 2킬을 이룩했다.

윤범에 대한 정보라고는 그늘 속에서 이동 속도가 조금 빨라지며, 전체적으로 수준 이하라는 사실뿐.

GT 나이츠는 이동 중에 기습을 받아 치명타를 입었다.

"오, 좋아! 역시 죽어라 시키니까 되네!"

VIP석에서 서문엽이 신이 나 소리쳤다.

서문엽은 윤범의 무기를 활과 단검으로 바꾸게 했다.

기존에는 장검을 썼는데, 장검을 소리나 기척 없이 다루기에는 윤범의 테크닉이 형편없었다.

그래서 활과 단검으로 기습에 중점 두는 훈련만 하고, 서문엽이 개인적으로 연계 동작 몇 가지를 죽어라 반복시켰다.

그 결과가 이것이었다.

윤범은 다시 그림자 속에 스며들어 달아나는 데 성공했다.

윤범과 더불어 가브리엘 감독의 작전도 성공이었다.

조승호가 이끄는 팀이 깊숙이 접근해서 압박을 하고, 이나연이 날뛰며 견제 플레이.

이나연에게 보급을 해주는 조승호를 잡기 위해 던전을 우회하여 배후로 이동하는 GT 선수들을 길목에 매복한 윤범이 기습.

삽시간의 2킬.

그리고 이나연의 사냥 방해로 인한 성장 저하까지 걸린 GT 나이츠는 궁지에 몰렸다.

노정환 일행까지 합세하여서 단숨에 총공격으로 승부를 내버렸다.

이때 달아날 길목을 틀어막으며 GT 나이츠를 구석에 몰아넣은 데는 오더를 내린 조승호의 공이 컸다.

1세트의 MVP는 2킬 2어시의 윤범.

2세트는 이나연이 무려 5어시를 기록하며 따냈다.

윤범과 함께 영입된 신입생 최정민도 1, 2세트 도합 1킬 3어시를 기록해 성공적인 데뷔전을 치렀다.

하지만 파란의 주인공은 역시나 그림자 속에서 자취를 감춰 버리는 윤범이었다.

〈YSM 루키들 성공적인 데뷔전 치러〉
〈윤범 영입 대박 난 YSM, 서문엽 효과?〉
〈MVP 윤범, 별 볼 일 없는 유소년 선수에서 루키로 거듭나〉
〈윤범, '서문엽 구단주님께 감사'〉
〈서문엽의 선택을 받은 선수들〉
〈만년 꼴찌에서 도약한 YSM, 그 비결은?〉

GT 나이츠는 서문엽이 관람했던 당시 한정실업이었던 팀이 쫄딱 완패했던 상대였다.

그런데 불과 반년 만에 달라졌다.

이나연이라는 공격 1옵션 이후, 윤범이라는 2옵션까지 생겨났다.

특수한 작전을 쓸 재료가 갖춰진 데다 가브리엘 감독의 역량이 합쳐져서 선수들의 전술적 움직임이 물샐틈없이 완벽해졌다.

언론은 YSM이 강팀으로 거듭난 비결로 서문엽을 꼽았다.

서문엽이 가장 대중의 주목을 잘 받는 소재이기도 했지만, 실제로도 서문엽 덕이었기 때문이다.

배틀필드 마니아들이 모인 커뮤니티에서도 화제가 되었다.

―지금까지 서문엽이 직접 뽑은 선수 명단: 이나연, 조승호, 남궁지훈, 윤범, 최정민, 최혁.

―와, 서문엽 안목 미쳤다.

―영입 다 성공했네.

―최혁도 오늘 탱커로 첫 출전해서 활약 좋았음.

―최혁은 1부 리거였는데 2부 리그 간 거니 당연히 그 정도는 해야 하는 거 아니냐?

└미쳤냐? 탱커로 포지션 변경을 했는데 첫 출전부터 그 정도면 잘한 거지.

└서문엽 형님께서 탱커 하라 하셨으니 탱커가 맞는 거다.

―남궁지훈도 원래 서포터였는데 서문엽이 근접 딜러로 바꾸게 했다고 하잖아.

└남궁지훈 검술 오지지. 보호 걸고 치고 들어가 킬 따내는 거 보면 지림.

―재테크 때문에 클럽 인수했다더니 정말 오지게 돈 잘 번

다ㅋㅋㅋ 저 선수들 팔면 얼마 벌까?

ㄴ아랍에서 이나연 조승호 산다고 거액 비드한 적 있음.

─근데 윤범은 개신기하네. 윤범은 선수도 안 한다는 애였는데 어떻게 터질 줄 알고 영입한 걸까?

ㄴ그래서 서문엽, 서문엽 하는 거겠지.

─인류를 구원하실 불사신 서문엽 만세!

ㄴ작작해라.

ㄴ서문재단 아직 안 사라졌냐?

ㄴ서문재단 해체됐는데 인터넷에 서문재단인 척하는 병신들은 개많아졌음ㅋㅋ

ㄴ서문엽한테 처맞고 싶나.

서문엽의 히트 상품 윤범은 두 번째 경기에서도 위력을 발휘했다.

이나연과 윤범을 함께 보내 상대 팀의 사냥을 방해한 것이다.

이나연은 벼룩처럼 날뛰고, 윤범은 그림자 속에 숨어서 화살을 쏘고 자리를 바꾸고를 반복했다.

조승호가 화살을 계속 공급해 줬으므로 견제는 2배 이상의 위력을 발휘했다.

눈에 보여도 잡기 힘든 이나연과 안 보여서 못 잡는 윤범의 조화!

그렇게 초반부터 벌어진 사냥 포인트 격차가 눈덩이처럼 불어나 YSM은 다시금 압승을 거두었다.

관람한 두 경기 연속으로 대승을 거두자 서문엽은 고개를 끄덕였다.

'이만하면 클럽은 알아서 잘 돌아가겠군.'

감독도 명문에서 온 엘리트 가브리엘 사나이니 이번 시즌은 자신이 더 관여할 필요가 없어 보였다.

가브리엘 감독은 자신보다 더 체계적인 훈련법을 가진 사람이라 오히려 서문엽의 개입은 방해였다.

'정작 가브리엘 감독은 내 의견에 관심이 많아 보였지만 말이지.'

윤범의 초능력까지 개발시키는 데 결정적 역할을 한 서문엽.

가브리엘 감독은 이를 놀라워하며 서문엽의 안목에 관심이 많아졌다.

구단주의 눈이 자신의 이론을 능가한 것으로 보였기 때문이다.

서문엽의 안목에 대해 배우려는 듯한 태도를 풍겼지만, 분석안에 대해 말해줄 생각은 없어서 모른 체했다.

*　　　*　　　*

백하연은 준비를 마치고 파리로 완전히 떠나 버렸다.

딸이 떠나자 허전해진 한승희는 서문엽과 더불어 예전 드라마를 몰아 보는 데 열중했다.

서문엽도 한동안 구단주로서 일하고 난 터라 당분간은 푹 쉴 생각으로 집에만 붙어 있었다.

그렇게 소파와 혼연일체되어 시간을 때울 무렵이었다.

어느 날, 손님이 찾아왔다.

"욥! 서문욥!"

키 큰 흑인이 새하얀 치아를 드러내며 활짝 웃고 있었다.

마치 숲을 사랑하는 괴물 탱커 치치 루카스를 떠올리게 하는 순박한 인상의 청년.

바로 프랑스의 국민 영웅이자 7영웅의 1인, 에릭 튀랑이었다.

싸울 때는 미친놈처럼 이성을 잃고 도끼를 휘두르는 근접 딜러였는데, 싸우지 않을 때는 한없이 착했던 동료였다.

"어라? 튀랑이 네가 여긴 웬일이냐?"

"프랑스에 왔었다면서? 프랑스에 와놓고 날 만나러 오지도 않다니, 섭섭해!"

"기자들한테 말했는데, 네가 파리로 찾아오면 만나주겠다고."

"히히, 실은 그때 배 타고 너무 멀리까지 갔다가 난파당하는 바람에 살짝 큰일이었어."

"넌 대체 보트를 타고 어디까지 나가냐?"

"말도 마, 일주일간 헤엄만 쳐서 간신히 돌아와서 아내에게 혼났단 말이야. 당분간은 낚시를 못 하게 됐어."

에릭 튀랑은 일주일간 행방불명되었던 잘못을 빌미로, 한동안 아내가 운영하는 패션 업체의 광고 모델로 일해야 했다고 미주알고주알 털어놓았다.

바다 한복판에서 난파당한 건 초인이라 해도 큰일이었지만, 서문엽은 딱히 그런 위험한 짓을 하는 에릭 튀랑을 걱정하지 않았다.

　―대상: 에릭 튀랑(인간)

　―초능력: 악운, 생존 본능

　―악운: 위기의 순간 강한 운을 발휘한다.

　―생존 본능: 위기의 순간 근력, 민첩성, 지구력이 30% 상승.

'어지간해서는 죽을 새끼가 아니지.'

두 가지 초능력 모두 생존에 최적화된 능력!

최후의 던전에서도 수많은 위기를 맞았지만 안 죽었다.

그중 생존 본능은 본인도 알고 있는 초능력이지만, 악운은 스스로 자각 못 하고 있었다.

저런 초능력이 있는 줄은 오직 서문엽만 아는 사실이었다.

다만 자각을 못 했을 뿐, 본능적으로는 에릭 튀랑도 자신의 악운에 대해 느끼고 있을지 몰랐다.

왜냐면 던전에서나 일상생활에서나 에릭 튀랑은 위험을 즐겼기 때문이다.

그저 스릴 중독자처럼 보이긴 하지만, 서문엽이 보기에는 자신의 '악운'을 어렴풋이 느끼고 실험하는 습관이었다.

"어머, 이게 누구야!"

한승희도 에릭 튀랑을 보더니 반갑게 웃으며 말을 건넸다.

백제호의 아내인 그녀도 7영웅 일원인 에릭 튀랑과 안면이 있었던 것.

"와우, 마담 백!"

"백이 아니라 한 씨야, 멍청아."

서문엽의 핀잔에 에릭 튀랑은 싱글벙글 웃어 보였다.

"몰라! 그냥 불렀던 대로 마담 백이라 할 거야."

한승희는 한국어, 에릭 튀랑은 프랑스어로 얘기해서 대화가 뒤죽박죽이었지만 서로 반가워하는 뜻은 전해지고 있어서 서문엽은 굳이 통역할 필요를 못 느꼈다.

한승희가 식사를 할 거냐며 밥 먹는 시늉을 하자, 에릭 튀랑도 활짝 웃으며 그 시늉을 따라 했다.

한승희는 곧 온갖 식재료가 다 들어 있는 큰 냉동실에서 삼치를 꺼내 구워 주었다.

한국식 상차림이었는데 튀랑은 젓가락질을 제법 잘하며 맛있게 먹었다.

물론 서문엽도 언제나처럼 잘 먹어치웠다.

그런 둘을 마치 아들들 보듯이 흐뭇해하는 한승희였다.

"근데 욥! 너 불사신이라며?"

"오냐."

"대단해, 욥! 언제 그런 초능력을 숨기고 있었던 거야?"

"숨기긴. 그때 혼자 남아 싸우다가 새로 생겨 버렸다."

"헉, 정말? 대단해, 욥!"

"불사신이 뭐 대수라고. 너도 비슷하잖아."

"하하하, 난 언제나 운이 좋은 거고."

'역시 은연중에 알긴 아네.'

에릭 튀랑은 신나게 옛날이야기를 하며 즐거워했다.

희한하게 서문엽도 이제 그때의 일이 먼 옛날처럼 느껴졌다.

"아 참! 욥에게 줄 선물을 가져왔어."

"선물?"

"응! 욥은 돈이 많으니까 돈보다 더 값어치 있는 걸 준비했지."

"나 이제 돈 없어. 돈 되는 걸 줘야지."

"히히, 그래? 이것도 나름 돈이 되긴 할 거야."

에릭 튀랑은 매우 익숙한 푸른 돌을 꺼내 보였다.

온갖 기하학적인 무늬가 새겨진 주먹만 한 돌조각.

서문엽은 오랜만에 본 그 물건이 반가워졌다.

"귀환석?"

"응, 내구성을 보면 아마 한 일곱 번은 더 쓸 수 있을 거야. 물론 이제는 쓸 일이 없지만 기념으로 갖는 건 좋잖아?"

"오오, 땡큐!"

서문엽은 냉큼 귀환석을 챙겼다.

"의외로 기뻐하네? 나도 기쁘다!"

에릭 튀랑은 활짝 웃었다.

"이런 귀환석은 얼마쯤 하냐?"

"글쎄, 1회에 100만 원 정도 하지 않을까?"

"그래? 생각보다 싸네."

"다시는 구할 수 없지만, 쓸 일도 없으니 그냥 기념품 수준이지 뭐. 옛날에는 초인이라면 다들 갖고 있던 거라 찾아보면 구하기 힘든 것도 아니고."

"호오, 그래?"

그럼 마음만 먹으면 쉽게 구할 수 있다는 뜻이었다.

서문엽은 귀환석이 반가워졌다.

자신만의 비밀 장소였던 미공개 던전으로 갈 수 있게 되었기 때문이다.

그곳에는 던전에서 구한 각종 부산물을 보관해 놓기도 했다. 던전 코어나 괴물 사체를 해체해서 얻은 가죽, 뼈 등도 있었다.

창고용으로 삼았기 때문에 거기에 쌓여 있는 물건의 양이

방대했다. 물론 던전 산업이 망한 지금은 그다지 큰 가치가 없는 것들이지만.

'언제 한번 시간 내서 가봐야겠다.'

마침 할 일도 없어서 심심하던 차에 잘됐다 싶었다.

이러니저러니 해도 서문엽에게 가장 마음의 위안이 되는 고향은 바로 던전이었다.

가상으로 만들어진 곳이 아닌 진짜 던전 말이다.

*   *   *

에릭 튀랑은 이틀간 서문엽과 어울려 놀다가 돌아가게 되었다.

"욥, 나랑 같이 낚시하러 안 갈래? 보니까 욥도 한가해 보이는데."

"짜식, 나랑 같이 논다는 빌미로 낚시 금지 당한 거 풀려는 거지?"

"히히, 역시 욥은 눈치 빨라. 제발 나 좀 도와줘."

"미안한데 낚시는 취미가 없어서. 한가하면 네 식구들 데리고 가족 여행이나 가던가 해."

"그럴까? 그럼 그래야겠다. 아무튼, 욥! 좀 놀러와. 연락도 자주 하고."

"오냐오냐."

그렇게 에릭 뤼랑을 보낸 뒤, 서문엽도 짐을 싸기 시작했다.

"아침부터 어딜 가려고 짐을 싸?"

출근 준비를 하던 백제호가 희한하다는 듯이 물었다.

배낭에 음식과 식수를 잔뜩 챙긴 서문엽은 씨익 웃었다.

"잠깐 여행 좀 다녀온다."

"혹시 사흘쯤이냐?"

"잘 아네?"

"옛날에도 곧잘 사흘씩 사라졌었잖아."

"나만의 비밀 장소가 따로 있거든."

"그런 데가 있었어? 난 왜 몰랐지?"

"인마, 너라고 내 모든 것을 다 알겠냐?"

"내가 네 다큐 영화 제작하면서 세계 최고의 서문엽 전문가가 됐거든."

서문엽은 피식 웃었다.

하지만 설령 백제호라 해도 서문엽은 자신의 속내를 전부 밝히지 않았다. 분석안을 누구에게도 말하지 않았던 것처럼 말이다.

마음을 연다는 게 서문엽에게는 퍽 힘든 일이었다.

모든 마음을 다 보여준다는 건 특히 더 말이다.

"다녀올게!"

서문엽은 배낭을 짊어진 채 바이크를 타고 달렸다.

이번에는 눈에 띄지 않도록 교통법규를 준수하며 조용히

이동했다.

그렇게 무려 강원도까지 간 서문엽은 기억을 더듬으며 산을 타기 시작했다.

자주 들락날락했던 곳이라 찾기는 어렵지 않았다.

산을 타고 오르다가 절벽 아래로 기어 내려갔다.

절벽 아래쪽에 커다란 균열이 난 틈새가 있었다.

막아놓았던 바위를 치우니, 사람 하나가 간신히 비집고 들어갈 만한 공간이 나타났다.

폭도 좁고 깊이도 얕은 공간이었는데도, 그곳에서 알 수 없는 기이한 공간감이 느껴졌다.

마치 끝을 알 수 없는 긴 동굴 입구에 선 듯한 느낌.

던전으로 진입하는 게이트 특유의 분위기였다.

'아직 존재하는군.'

던전을 지탱하는 코어의 마력이 다 고갈되면 붕괴되고 말지만 아직은 괜찮은 듯했다.

서문엽은 던전으로 진입했다.

파앗!

온몸이 빨려 들어가는 느낌과 함께, 서문엽은 던전에 도착했다.

내디딘 발이 지면에 도달했을 때, 서문엽은 어느새 던전 안에 있었다.

"후우……."

서문엽은 호흡을 크게 했다.

어째서 던전에 오면 몸과 마음이 이렇게 상쾌해진단 말인가.

최후의 던전에서 생환한 이후 최고로 컨디션이 좋았다.

다른 어떤 오락을 즐겨도 이렇게 그를 설레게 할 수는 없을 터였다.

"하아, 좋다."

배낭을 내려놓고 땅에 털썩 드러누운 서문엽은 천장을 올려다보며 미소 지었다.

던전.

이곳만이 자신을 살아 있게 한다.

최후의 던전을 공략한 것이 후회됐다.

후회하지 않지만 후회된다.

결국은 도전하고 공략해야 할 곳이니 후회하지 않지만, 더 이상 즐길 던전이 없어져서 안타까웠다.

텅 빈 과자 봉지를 놓고 좀 더 아껴 먹을 걸 하고 후회하는 것과 동일한 기분이었다.

서문엽은 서글픔을 느꼈다.

"역시 난 거기서 죽어야 했어."

초인이 되어 던전에서 비로소 진짜 인생을 시작했다.

그러니 인생의 끝은 최후의 던전에서 마감했어야 했다.

다 공략 완료한 뒤에 맞이한 완벽한 피날레였다.

최후의 최후까지 처절하고 치열했던 인생이었다.

왜 거기서 살아나서 이러고 있는 건가.

역시나 자신은 평화로운 2020년대를 살아갈 준비가 안 된 부적응자였다.

에릭 튀랑과 잡담을 나눌 때만 해도 오래된 옛날 일처럼 느껴졌었다. 그래서 이제 적응했다고 생각했다.

하지만 이곳에 돌아와 보니 부질없는 착각이었음을 깨달았다.

그냥 본연의 자신을 억누를 수 있게 되었을 뿐이다.

'어디서 지저 문명의 잔당이라도 안 나타나려나?'

그렇게 생각하고 있을 때였다.

스르륵.

무언가가 움직이는 기척이 느껴졌다.

놀란 서문엽은 벌떡 일어났다.

'뭐지?'

착각일 리 없었다.

서문엽은 자신의 육감을 100% 확신했다.

그런데 이미 던전 공략이 다 끝난 이곳에 무엇이 남아 있단 말인가?

지저인도, 괴물도 남김없이 처치한 장본인이 서문엽이었다.

'설마 다른 사람이 여길 발견했나?'

그럴 가능성도 있었다.

누군가가 있다면 우연히 이 빈 던전을 발견한 다른 초인일 가능성이 가장 높았다.

아니면…….

'혹시 지저인 잔당?'

그럴 가능성은 매우 희박했다.

다만 서문엽은 후자이길 바랐을 뿐이었다.

'장비를 제대로 안 챙겨와서 곤란한데.'

하지만 표정은 이미 웃고 있는 서문엽이었다.

배낭에 매달아놓은 창 하나를 꺼냈다.

촤락! 철컥! 철컥!

오러를 주입하자 창이 펼쳐지면서 늘어났다.

가져온 무기라고는 이것 한 자루뿐이었다.

이마저도 허전해서 하나 가지고 다닐 뿐, 평소에 무장을 할 리가 없었다.

하지만 서문엽은 전혀 겁먹지 않고 던전 안으로 진입하기 시작했다.

스륵.

또 뭔가가 움직였다.

미세한 기척이 느껴졌다.

"나와."

서문엽이 허공에 대고 입을 열었다.

"네가 이곳에 있다는 걸 안 이상, 난 널 절대 놓칠 사람이 아니야."

신경에 좀 더 주의를 기울이며 계속 걷는다.

앞에 끝을 알 수 없는 절벽이 있었고, 커다란 다리가 하나 놓여 있었다.

만약 다리를 건너다가 공격을 받으면 지리상 불리해진다.

하지만 서문엽은 망설이지 않고 다리 위를 지났다.

여길 지나면 서문엽이 그동안 보관해 두었던 온갖 잡동사니가 쌓인 장소로 도달하게 된다.

마치 만화에 나오는 드래곤의 둥지처럼 각 방마다 보물을 분류해서 쌓아놓고 지냈던 것이다.

원래는 각 방마다 괴물들이 감금되어 있어서 침입자가 지나가면 튀어나와 습격했다.

가장 끝 방에 던전의 주인인 지저인이 있었고.

괴물을 조종하는 능력을 지녔고, 또한 괴물을 생체 개조하는 능력까지 있었다.

그래서 다른 곳에서 찾아보기 어려운 변종 괴물들의 사체를 해체해 보관해 뒀었다.

추억을 되새기며 다리를 중간쯤 건넜을 때였다.

스르륵.

이번에는 더 선명하게 느꼈다.

서문엽은 미소를 지었다.

"오케이, 파악했어. 사람의 기척은 아닌 것 같군."

직감상 괴물의 기척이었다.

직립보행 타입은 아니고, 팔다리가 있는 짐승 타입도 아니다.

뱀이나 식물 타입처럼 소리 없이 움직이는 종류였다.

'드러내기만 해라.'

신체 일부분만 봐도 분석안이 통한다.

그땐 완전히 게임 끝이다.

200m짜리 긴 다리는 이제 거의 다 건너온 상황.

그때였다.

파앗!

화살이 쏘아진 듯한 날카로운 소리가 울려 퍼졌다.

거의 동시에 서문엽은 뒤로 굴러서 피했다.

쾅!

어떤 식물의 거대한 뿌리 같은 것이 바위로 이루어진 다리에 구멍을 냈다.

─대상: 자드룬(괴물)

─근력 147/412

─민첩성 85/97

─오러 142/533

─약점: 흥분하거나 잡은 먹이를 삼킬 때 본체를 드러낸다.

"자드룬이었구나!"

비로소 정체를 알게 되었다.

자드룬은 식물로 치면 감자 같은 녀석이었다.

큰 덩어리를 이룬 본체는 주로 천장 같은 높은 곳에 올라가 숨어 있고, 무지막지하게 긴 뿌리를 뻗어 먹잇감을 닥치는 대로 잡아먹는다.

살아 있는 것이든 죽은 것이든 가리지 않고 모든 걸 먹는다.

그렇게 영양분을 흡수하면 본체 내에서 오러로 치환된다.

오러를 모을수록 더 커지고, 더 강해진다.

물론 그렇게 해서 모을 수 있는 오러의 한계는 분명히 있지만, 자드룬은 만족이란 걸 모른다.

한계를 넘어서서 오러가 넘쳐 붕괴될 지경이 될 때까지도 계속 양분만 찾아다니며 게걸스럽게 먹어치운다.

당연하지만 자연 발생종이 아니었다.

생존을 넘어 스스로 붕괴될 때까지 모든 것을 먹어치우도록 개조된 식물.

이런 섬뜩하고 악의만 가득한 생체 개조는 지저 문명의 작품이었다.

지저 문명은 어떤 생물이든 죽은 세포라도 발견하면 배양하고 개조해서 악의만 찬 괴물로 만들었다.

그래서 인류에게 지저 문명은 무엇보다도 공포의 존재였다.

전쟁 당시 지저 문명을 소재로 한 공포 영화가 만들어졌다가 빗발치는 비난에 조기 종영되고 제작자들이 백배사죄했을 정도.

인류에게는 공포지만 지저인들은 매우 좋아하는 식물이었다.

닥치는 대로 오러를 모아주니까.

충분히 자란 자드룬을 수확해서 오러를 수확하는, 지저인의 잔인한 농사 수단인 셈.

"내가 자드룬의 씨앗을 하나 놓쳤었나?"

계속 날아드는 뿌리들을 피하며, 서문엽은 의아해했다.

이 던전을 공략했을 때 자드룬도 몇 마리 있었다.

전부 죽이고 던전 구석구석을 샅샅이 뒤져서 죽기 전에 날린 씨앗들을 부쉈다.

하나라도 남겨놓으면 언젠간 반드시 자라기 때문이다.

생존을 위협하는 적이 근처에 있으면 성장을 시도하지 않고 계속 씨앗 상태로 숨어 있는 습성이 있다.

주위에 영양분이 없어도 마찬가지.

그러나 적이 사라지면 즉시 성장해 뿌리를 뻗어 점찍어둔 영양분을 먹기 시작한다.

만약 서문엽이 놓친 씨앗이 남아 있었다면?

서문엽이 이곳을 드나들던 동안은 감히 생장(生長)을 시도하지 못했다가, 17년간 사라진 동안 안심하고 씨앗에서 깨어

낲을 수도 있다.

'영양분은 충분하니까.'

바로 서문엽이 보관해 놓았던 괴물들 사체 말이다.

마력석도 있었고, 각종 지저인이 쓰던 정체 모를 물건들도 있었다.

그게 다 먹이였다.

촤촤촥!

세 갈래의 뿌리가 덮쳐왔다.

순간, 서문엽이 창을 매섭게 휘둘렀다.

파바박!

뿌리들이 뭉텅이로 잘려 나갔다.

잘린 낙지 다리처럼 꿈틀대며 도망가는 것을 끝까지 쫓아가 계속 베었다.

서걱! 서걱!

계속 뿌리를 베어서 상처를 입히는 것은 자드룬을 자극하기 위해서였다.

"키아아악!!"

어디선가 날선 비명이 울려 퍼졌다.

신경질이 잔뜩 난 자드룬이 토한 소리였다.

서문엽은 비명이 난 방향으로 달려갔다.

"우연히 놓친 씨앗 하나가 자란 거라고?"

위치를 들킨 자드룬은 적의 접근을 막기 위해 계속 뿌리를 뻗었지만, 서문엽의 번개 같은 창술에 베여 나갈 뿐이었다.

"그건 너무 재미없잖아!"

가장 개연성이 높은 추측이기도 하고, 그 이상의 어떤 사건도 기대할 수 없어서 재미없는 결론이기도 했다.

서문엽은 던지기에 증폭을 걸었다.

창을 던졌다.

콰콱!

세차게 날아간 창이 가로막는 뿌리들을 자르고 날아가 본체에 틀어박혔다.

"키아악!"

시커먼 먼지 덩어리 같은 본체는 거대한 입을 벌리며 비명을 토했다.

본체에 박힌 창은 다시 서문엽의 손으로 회수되었다.

그대로 몇 번이고 계속 던져서 자드룬의 본체를 난도질했다.

그때마다 자드룬은 그동안 모아왔던 오러로 재생을 했지만, 재생 속도보다 상처 입는 속도가 더 빨랐다.

콰지지직!

마침내 창이 벌어져 있던 입속에 틀어박혔다.

심장부를 직격당하자 자드룬은 요동치는 오러를 통제 못 하고 붕괴했다.

온몸이 찢겨져 나가는 자드룬의 최후를 지켜보며 서문엽이 중얼거렸다.

"지저인이 자드룬을 심어놓고 간 거면 좋겠는데."

지저 문명이 몰락했지만 지저인이 모두 죽었다고 보기는 어려웠다.

대부분 다시는 지상에 나설 엄두도 못 내고 더 깊숙한 지하로 숨었겠지만.

'다시 지상 침공을 계획하고 음모를 꾸미는 잔당 세력이 있어도 되잖아?'

온갖 끔찍한 괴물을 만들어내는 지저인들이었다.

그런 못돼 처먹은 놈들인데, 누군가는 그 정도 불굴의 정신을 발휘할 수도 있지 않은가?

'힘내라, 지저인들.'

다음 스테이지를 달라고 개발사에 아우성치는 게이머나 다름없는 서문엽이었다.

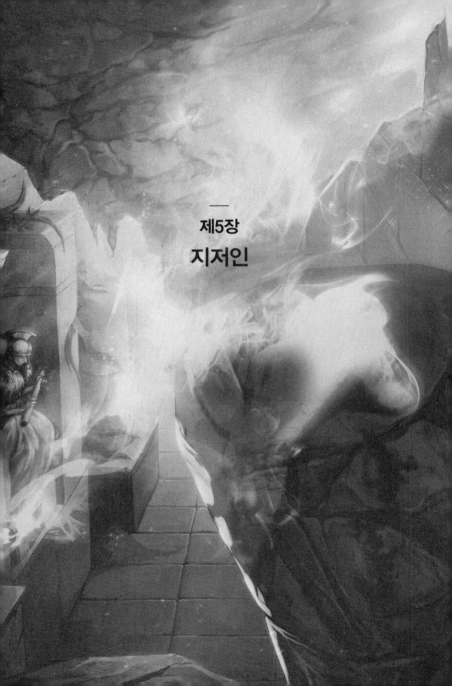

제5장

지저인

　자드룬은 붕괴되면서 씨앗을 사방에 날려 보냈다.

　끝없이 식탐을 채우다가 최후의 순간에 씨앗을 퍼뜨려 번식을 시도하는 꼴이 참 끈질긴 악마의 식물이었다.

　서문엽은 열심히 돌아다니며 씨앗을 하나하나 찾아내 밟아 터뜨렸다.

　참 지독한 종자였다.

　밟아 터져도 낙지 다리처럼 꼬물거리는 작은 줄기 하나가 기어 나와 도망치려 했던 것이다.

　콰직!

　이마저도 밟아 죽여 후환을 없앴다.

던전을 샅샅이 돌아다니는 서문엽.

이러한 철저한 탐색은 이골이 났기 때문에 어려움 없이 모든 씨앗을 찾아냈다.

다 처리한 뒤에 딱 하나만 따로 챙겼다.

'혹시 모르니까 챙겨놓을까.'

연구용 같은 걸로 기관에서 찾을지도 모르니까.

다 마신 물병에 씨앗을 담았다. 서문엽은 물병을 흔들며 말했다.

"야 이 새꺄, 배짱 있으면 한번 싹 틔워봐라. 형이 너 가지고 다닐 테니까."

물론 씨앗은 미동도 하지 않았다.

마지막으로 다시 한번 훑으며 점검한 서문엽은 고개를 갸웃거렸다.

"내가 이렇게 철저했는데 자드룬 씨앗을 놓친 게 말이 되나?"

그런 건 솔직히 초보나 하는 실수였다.

물론 던전 코어를 파괴해 붕괴시키면 놓친 씨앗이 있건 말건 상관없다.

하지만 보통 던전 공략에 사흘에서 일주일가량이 소요된다.

자드룬의 씨앗은 주변에 양분이 많으면 30분 만에도 성장해 뒤를 노린다.

그래서 자드룬 처치 후 샅샅이 점검하는 건 초인들의 기본이었다.

자신의 실수를 의심하지 않는 서문엽은 분명 무언가가 있다고 생각했다.

'일단 가보자.'

다리를 건너 물건들이 보관된 곳으로 향했다.

예상대로 방마다 바위로 된 문이 전부 파괴되어 있었고, 그 안은 남겨진 게 하나도 없었다.

자드룬이 문을 부수고 안에 있는 걸 죄다 먹어치운 것이다.

하지만 마지막 문은 부서지지 않았다.

부수려고 안간힘을 쓴 흔적이 보였지만, 마지막 방문은 오러로 보호되고 있었기 때문에 자드룬이 어찌할 수 없었다.

바로 던전을 지탱하는 메인 코어가 설치된 석실이었다.

문에 간단한 잠금장치가 되어 있었지만, 여러 겹으로 되어 있어 자드룬의 지능으로는 풀 수 없었다.

'여기다가 마력석들도 좀 갖다놨었지?'

아마 그 마력석까지 죄다 먹어치웠다면 자드룬은 끝까지 다 성장하고도 모자라 오러 과잉으로 붕괴했을 터였다.

서문엽이 힘을 주어서 잠금장치들을 풀어 헤쳤다.

철컥! 철컥!

그리고 열어젖혔다.

텅 빈 석실.

중앙에 복잡하고 정교한 금속 형태로 제작되었으며 중심에 거대한 마력석이 박힌 형태를 띤 메인 코어가 작동되고 있었다.

그러나 서문엽이 보관해 놓았던 마력석들은 보이지 않았다.

대량의 오러를 머금은 던전 코어가 눈앞에 있자, 물병에 담아놨던 자드룬의 씨앗이 움찔거렸다.

그러나 이내 잠잠해졌다. 너무나 탐나는 먹잇감을 만났지만 코앞에 무서운 천적이 있었기 때문.

"없잖아?"

서문엽은 미소를 지었다.

자드룬은 이곳을 침범하지 못한다.

그렇다면 누군가가 이 문을 열고 들어와 마력석을 가져갔다는 뜻이었다.

다른 것들은 다 자드룬의 먹이로 남겨놓았으면서 마력석은 다 가져간 자.

떠나면서 자드룬을 심어 경비를 세워놓은 자.

'지저인이다!'

전율을 느꼈다.

아직 적이 남아 있다는 환희.

자신의 인생이 아직 끝나지 않았다는 기쁨이었다.

지저인이 지저 세계를 탐사하며 남아 있는 던전을 찾다가 이곳을 발견했을 것이다.

지저인에게 오러란, 20세기 인류의 석탄, 석유와 같은 것이었다.

오러 없이 지저 문명은 유지될 수 없었고, 그렇기 때문에 오러가 모여드는 심장부인 최후의 던전이 파괴당하자 붕괴된 것이다.

그런데 이곳에서 누군가가 보관해 놓은 마력석들을 발견하자 횡재했다 싶었으리라.

'마력석을 가져가고 자드룬도 심어놓았다.'

인간이 돈을 좋아하듯이 지저인은 오러를 탐한다.

이곳을 다녀갔던 지저인은 자드룬이 인근 물자를 먹어치우며 모아놓은 오러를 수확하러 다시 올 것이다.

안 올 리가 없다.

지저인은 잔인한 습성만큼이나 탐욕도 강하니까.

설렘에 두근거리는 가슴을 진정시키며 서문엽은 생각했다.

'여기서 기다렸다가 지저인이 나타나면 잡자.'

서문엽은 우연히 잡은 지저 문명의 잔해에 대한 실마리를 놓칠 생각이 전혀 없었다.

지저인은 아마도 곧 나타날 것이다.

던전 메인 코어도 있고 수확할 자드룬도 있는 던전이니, 누가 침범하면 알 수 있도록 경보 장치를 해두었을 터였다.

서문엽의 경험에 따르면, 바로 이 메인 코어가 보관된 석실 문에 경보 장치가 있다고 판단되었다.

'문이 열리면 알게 되도록 했겠지. 그럼 이제 곧 나타날 때가 됐는데.'

그때였다.

파앗!

석실 바깥쪽에서 미약한 오러의 파동이 느껴졌다.

"왔냐!"

서문엽이 잽싸게 석실에서 튀어나갔다.

10m쯤 떨어진 곳에 지저인이 있었다.

생김새는 인간과 비슷하지만 피부색이 창백하며 눈동자가 조금 더 크다.

그리고 무엇보다도 마치 사냥 포인트를 모은 배틀필드 선수처럼 온몸이 붉은빛의 오러로 휩싸여 있었다.

사실 푸른색, 보라색, 붉은색, 검은색, 흰색 순서로 사냥 포인트에 따라 몸에 둘러지는 오러 색깔이 구분되는 것은 지저인에게서 따온 시스템이었다.

지저인들은 보유한 오러에 따라 신분 등급이 나뉜다.

오러를 외부에 표출할 정도가 아닌 지저인은 노예로 부려진다고 한다.

붉은색이면 3등급.

제법 상위의 지저인이었다.

그때 지저인이 서문엽을 보더니 뭐라고 외쳤다.

하도 자주 들어봤던 단어라 뜻도 알았다. 서문엽의 기억에 따르면 '인간'이었다.

"그래, 나 인간이다. 반가워?"

지저인이 알아들을 리 없지만 서문엽은 계속 말을 건넸다.

"너희 지저인은 언어 습득이 굉장히 빠르지. 우리는 너희가 쓰는 말이 너무 힘들어서 도저히 못 배우는데 말이야."

그렇다.

서문엽은 지저인이 빠르게 한국어를 습득할 수 있도록 계속 말을 건네는 중이었다.

─인간 놈.

지저인은 벌써 서문엽에게 한국어로 대꾸하기 시작했다.

"그래그래, 지저인 씨."

─인간, 너 혼자냐.

지저인이 제대로 된 문장으로 질문했다.

어떤 원리인지는 몰라도 지저인들은 조금의 말을 듣고도 해당 언어를 빠르게 유추하여 마스터해 버리곤 했다.

알지 못하는 단어까지도 습득해 버려서 곧잘 언어를 구사하는 모습을 몇 번이고 본 서문엽이었다.

이윽고.

학습을 끝낸 지저인은 서문엽에게 말했다.

─너 혼자냐고 물었다, 인간.

"그래. 언어 금방 배우네?"

―당연하다. 이깟 하급 언어 따위 몇 분이면 족하지.

"너희는 단어 하나하나에 많은 뜻이 함축될수록 고등 언어이고, 어떤 언어를 쓰느냐로 신분제가 갈리지, 아마?"

―잘 아는군. 참고로 네가 쓰는 언어는 노예들이나 쓰는 2등급 수준의 언어다. 이따위 저급한 언어라니. 네놈 때문에 이 언어를 입 밖에 내는 게 부끄러울 정도다.

계속 재수 없는 말만 하는 지저인이지만 서문엽은 그저 흐뭇한 웃음만 나왔다.

오랜만에 지저인을 보니 기분이 좋았다.

"재미있는 얘기 해줄까?"

―뭐지?

"너희는 우리보다 훨씬 똑똑한데 왜 졌는지 알아?"

―너희가 쥐새끼들처럼 성역에 침범해서다!

지저인에게서 처음으로 격한 분노가 터져 나왔다.

"성역? 아아, 최후의 던전?"

―최후의 던전? 우리의 성역을 그렇게 부르나. 그래, 둥지를 던전이라 부르는군. 그리고 최후라는 표현을 붙이다니…….

지저인은 증오심 가득한 눈길로 서문엽을 노려봤다.

그때, 서문엽이 창을 냅다 집어 던졌다.

쉬익―!

―큭!

지저인은 갑작스럽게 날아드는 창을 다급히 피했다.

벽에 꽂힌 창이 다시 돌아와 서문엽의 손에 돌아왔다.

눈 깜짝할 순간에 던지기에 증폭을 걸고 창을 던진 서문엽.

겉보기보다 복잡한 오러 메커니즘이 담긴 테크닉이었는데, 오러에 예민한 지저인은 이를 느낄 수 있었기 때문에 긴장한 표정이 되었다.

"내 말 안 끝났어, 씨발아."

―이놈⋯⋯!

지저인은 서문엽의 언어 표현에서 그가 자신을 하찮게 여긴다는 걸 깨달았다.

"너희는 우리 먹이였거든."

―뭐라고?

"너희를 사냥하면 돈이 나와. 그래서 신나게 사냥한 거야. 너희가 오러를 탐하듯이 말이야. 던전? 그건 마치 너희가 오러를 잔뜩 먹은 자드룬을 발견했다고 생각하면 돼. 그냥 땡큐지, 크하하! 이 먹잇감 새끼들!"

서문엽은 광소를 터뜨렸다.

평화의 시기에 생환하는 바람에 오랫동안 억누르고 있었던 폭력성이 일어나기 시작했다.

―먹이라고! 가축 같은 인간 놈이 감히 우리더러 그런 표현을 써?!

자신들 외에 모든 생명체를 도구로 여기고 마음대로 조작

하는 지저인은 인간을 가축 수준으로 낮게 여겼다.

"그런 가축이 너희의 성역을 부쉈지."

서문엽이 창을 꼬나 쥐었다.

지저인도 전투 준비를 했다.

파아아앗!

붉은 오러가 폭사되어서 온몸에 구렁이처럼 꿈틀거리며 넘실거렸다.

이윽고 붉은 오러는 100갈래의 머리를 가진 뱀의 형상을 이루었다. 오러를 자유자재로 다루는 지저인다운 전투법이었다.

"너희 성역에 달려 있던 메인 코어는 존나 크더라? 내 키의 2배가량이었지?"

신나게 소리치는 서문엽의 말에 지저인의 표정에 당혹감이 어렸다.

―네놈이 그걸 어떻게 알지?

성역의 메인 코어. 지저인조차 성역에 살지 못하는 하위 등급이면 구경도 못 하는 성물이었다.

"글쎄, 어떻게 알고 있을까?"

파앗!

서문엽이 즉시 달려들었다.

100마리의 뱀 머리가 덤볐지만, 그 순간 서문엽은 오러를 한가득 창에 집중하고서 풍차처럼 휘둘렀다.

콰콰콰콰콰쾅!!

창이 뱀 머리를 하나둘 일그러뜨릴 때마다 굉음이 울려 퍼졌다.

계속 일어나는 오러 충돌에 지저인은 움찔거렸지만, 서문엽은 표정 하나 안 변했다.

"마치 거기 다녀와 본 사람처럼 말이야!"

―뭐, 뭐?!

지저인의 안색이 더욱 창백하게 변했다. 오러 충돌로 입은 타격 때문만이 아니리라.

―네놈의 이름은 뭐냐!

"서문엽."

―아아아……!!

지저인이 바들바들 떨었다.

지저인은 이름이라는 개념이 없다.

물론 호칭은 있다.

탐사, 사냥 등 자신이 주로 맡고 있는 역할을 호칭으로 정한다.

그러므로 하찮은 인간의 이름 같은 것에는 관심이 없었다.

하지만 오직 한 사람.

지저 문명이 알고 있는 한 인간의 이름이 있었다.

잇달아 터전을 부수고 기어코 성역까지 무너뜨린 악몽 같은 이름이.

"내 앞에 나타나 줘서 고맙다! 더 이상 너희를 사냥할 수 없을까 봐 두려웠거든!"

그 인간이 바로 눈앞에 있었다.

―으아아아!!

지저인이 폭주했다. 오러를 있는 대로 다 동원했다.

100마리의 뱀이 더욱 커다랗게 팽창된 모습으로 일거에 덮쳐들었다.

그렇게 오러를 일거에 퍼부어놓고서는, 지저인은 뒤돌아 달아나려 했다.

물론 이를 놓칠 서문엽이 아니었다.

서문엽은 민첩성에 증폭을 걸었다.

그러고서 100마리의 뱀이 커버하지 못한 미세한 틈바구니로 몸을 날렸다.

그리고 투창!

휘리릭!

콰직!

―끄아아악!

창이 뱀들을 피해 나선을 그리며 절묘하게 날아가 지저인의 가슴을 꿰뚫었다.

*　　　　*　　　　*

창은 지저인의 가슴을 꿰뚫고 벽에 박혔다.

지저인은 꿈틀거리더니 고개를 떨어뜨리며 축 늘어졌다.

서문엽은 천천히 그리로 걸어갔다.

그리고 말했다.

"안 죽은 거 알아, 인마."

죽은 것 같았던 지저인의 몸이 움찔했다.

"다른 생명체도 마음대로 개조하는데 자기들 몸은 오죽할까."

지저인은 몸의 순환을 오러로 유지할 수 있게 개조하고, 더이상 필요 없어진 장기를 제거했다.

물론 다치면 체내의 오러도 상처를 통해 유출되므로 타격을 받는 건 같지만, 치명상을 입히기란 쉽지 않다.

아니, 쉽다.

강력한 오러로 타격을 입혀서 체내의 순환을 흔들면 된다.

오러 100/100의 서문엽에게는 어렵지 않은 일인 것이다.

서문엽은 분석안으로 지저인을 살펴보았다.

—대상: 수탐(지저인)

—근력 52/52

—민첩성 80/80

—속도 78/78

—지구력 60/60

—정신력 44/57

—기술 84/84

—오러 93/93

—초능력: 오러 수탐

—오러 수탐: 오러 반응을 탐사한다.

저 지저인을 부르는 호칭은 수탐.

지저인은 이름이 필요 없다.

남들과 구분되어야 할 필요를 못 느끼기 때문이다.

다만 자신이 하는 역할로서 스스로의 정체성을 가진다.

수탐.

저 지저인은 오러를 얻을 수 있는 곳을 찾아다니는 역할을 맡은 자였다.

그 역할을 누가 부여하는지는 불명이다.

'태초의 빛'이라 불리는 어떤 초월적인 존재가 지저인의 추앙을 받으며 지저 문명을 지배한다고만 알려졌다.

최후의 던전을 무너뜨릴 때도 그 태초의 빛이라는 존재는 보지 못했기 때문에 신과 같은 영적인 존재가 아닐까 추측될 따름이었다.

"수탐꾼인가. 그냥 잔챙이네."

지저인은 대체로 싸움에 몸을 쓰지 않기 때문에 능력치는 기술과 오러만 보면 된다.

84·93이면 초인들 관점에서는 상위권이지만 지저인들 사이에서는 딱 중간 등급, 붉은색이었다.

전투 시 육체를 잘 쓰지 않는다는 지저인의 단점을 생각했을 때, 전투 초능력이 없다는 점은 약점이었다.

물론 방금처럼 100마리의 뱀 형상을 만드는 등의 오러 활용법은 인간이 흉내 낼 수 없는 초능력이나 마찬가지였지만 말이다.

―네놈이 서문엽이었구나.

죽은 체했던 지저인이 눈을 부릅뜨고 원독에 찬 목소리로 말했다.

"죽이기 전에 묻고 싶은 게 있는데 말이야."

서문엽은 가까이 다가가 지저인의 코앞에 도달했다.

―키아아아!

순간 지저인이 괴성을 지르며 붉은 오러를 다시 한번 일으켰다.

하지만.

콰지직!

―끄아아아아!!

서문엽은 창을 붙잡고 비틀어 상처를 벌렸다.

육체의 고통에 익숙하지 않은 지저인이 비명을 지르며 오러 컨트롤에 실패했다.

"너희는 이대로 끝난 거야?"

—그… 끄윽! 그게 무슨 뜻이냐?

"이제 겁에 질려서 다시는 지상에 얼씬도 하지 않는 거냐고. 그건 너무 재미없지 않아?"

—하등한 인간 주제에 오만하구나. 크으으!

"너희 성역에서 싸웠던 흰둥이는 재미있었는데. 짜릿짜릿했다고."

—흰둥이?

"하얀색으로 빛나는 애 있잖아. 너희 대사제."

지저인의 표정이 흉신악살처럼 일그러졌다.

대사제는 지저 문명을 실질적으로 이끌던 수장 같은 존재였다.

최상위 등급인 하얀색의 오러를 두르고 있었기 때문에 흰둥이라고 표현한 것.

성역이 무너지고 대사제까지 죽으면서 지저 문명은 몰락했다.

—가축처럼 하등한 인간아. 오만하지 마라. 우리는… 크윽! 끝나지 않았다.

"그래?"

서문엽은 미소 지었다.

지저인은 그 미소를 보지 못한 채 계속 말했다.

—위대한 조상님들과 태초의 빛께서 계속 우리를 이끄신다. 그

분들을 대리하셨던 대사제께서 돌아가셨지만, 아직 우리는 위대한 질서 속에……

말하는 지저인의 힘이 계속 떨어지고 있었다.

상처가 너무 깊어 오러의 유출이 심해진 탓이었다.

서문엽은 가만히 지저인의 말이 끝나길 기다렸다.

─태초의 빛께서 예언하시길, 영적 각성을 이룬 선지자가 나타났노라.

─선지자가 너희를 빛이 내리는 땅으로 인도하리라.

─태초의 빛이시여… 너무나 어둡나이다. 우리에게 빛을… 빛을 내리는 땅을…….

어느새 이성을 잃은 채 무아지경으로 기도를 읊는 지저인.

그러다가 어느 순간, 지저인은 인간이 귀로 들을 수 있는 음역(音域)을 넘어선 고주파로 비명을 토했다.

서문엽은 이 모습을 아주 많이 보았다.

죽기 전에 자폭을 하는 지저인의 최후 말이다.

본래는 잽싸게 도망가야 했지만, 서문엽은 믿는 구석이 있기 때문에 그냥 태연히 서 있었다.

─빛이… 내리는…….

단말마의 말과 함께 붉은 오러가 한껏 폭사되어 사방에 쏟아져 나오기 시작했다.

콰아아아아아아앙!!!

폭발이 일어났다.

생명력이나 다름없는 오러를 다 소진한 지저인은 폭발에 휩싸인 채로 멍하니 앞을 바라보았다.

최후의 순간, 지저인 수탐은 무언가가 앞에 서 있는 것을 보았다.

그것은 하얀 오러로 이루어진 영체였다.

지저인은 정신이 혼미해진 가운데에서도 눈물을 흘렸다.

—선지자시여……!

영적 각성을 이루어 영체가 된 선지자가 자신의 눈앞에 있었다.

—저를 데리고 가주시는 겁니까. 이 미천한 저를, 빛이 내리는 땅으로……!

죽기 전에 선지자를 본 것이 수탐에게는 큰 감격이었다.

수탐은 감격에 울며 선지자를 향해 손을 뻗었다. 얼마나 이 순간을 기다려 왔던가.

그러자 선지자가 말했다.

—빨리 죽어, 이 새꺄.

—…예?

환청을 들었나 싶었다.

그래.

환청일 것이다.

최후를 맞이하는 순간이라 정신이 혼미해서 그럴 것이다.

—거 귀찮네, 이 새끼. 그래, 내가 천국에 보내주마.

그것이 수탐이 마지막으로 들은 말이었다.

선지자가 휘두른 주먹에 맞아 그대로 의식의 끈을 놓았다.

의식을 잃으면서 마지막으로 한 생각은, 왜 선지자께서 서문엽이라는 인간 놈의 형상을 하고 있는지에 대한 의문이었다.

지저인 수탐의 절명과 함께 오러 폭발도 멎었다.

지저인의 육신은 산산조각이 난 채 사방에 흩뿌려져 있었고, 그 자리에는 서문엽이 홀로 서 있었다.

─선지자 같은 소리 하네.

서문엽은 불사에 증폭을 걸어서 오러 영체로 변신한 상태였다.

덕분에 지저인의 자폭에도 불구하고 상처 하나 없었다.

─이젠 자폭으로도 안 죽는구나.

지저인의 자폭은 가장 주의해야 할 요소였는데 이제는 그마저도 위협이 되지 않았다.

서문엽은 오러 영체가 된 김에 이것저것 해보기로 했다. 달리기도 해보고 점프도 해보았다.

달리려고 하니까 달리는 대신 날아다녔다.

점프를 하니 그냥 공중을 비행했다.

중력을 무시하고 몸이 마음대로 움직였다.

서문엽은 고개를 끄덕이며 확신했다.

─난 정말 우주 최강이 되었구나.

공허함에 찬 절대자의 기분에 심취한 독백.

절정에 이른 자기애였다.

던전의 유령처럼 공중을 배회하던 서문엽은 120초가 다 지나서야 원래대로 돌아와 지면에 착지했다.

*　　　*　　　*

귀환석을 써서 던전에서 나온 서문엽은 곰곰이 지저인이 죽기 전에 남긴 말에 대해 생각해 보았다.

'영적 각성을 이룬 선지자가 나타났다고?'

예언이라는 게 대개 신빙성이 떨어지는 법이지만, 지저인이 말하는 태초의 빛의 예언이라 의미심장했다.

'그런데 걔들은 원래 전쟁 당시에도 태초의 빛께서 빛이 내리는 땅을 허락하셨다는 소릴 지껄이던 놈들이었는데.'

빛이 내리는 땅이란 아마도 지상.

태초의 빛이라는 존재가 신쯤 된다면 왜 지저 문명이 전쟁에서 패하고 무너지는 걸 몰랐단 말인가?

선지자라는 게 나타난다 해도 지저 문명은 이미 최후의 던전이 파괴당하면서 문명의 동력을 다 잃은 상태.

살아남은 수탐꾼들이 돌아다니면서 오러를 악착같이 모으는 모양인데, 그래봐야 1만여 년에 걸쳐 구축했다는 최후의 던전 같은 걸 다시 재현하기는 어려울 것이다.

최후의 던전은 세상의 오러를 끌어모으는 장치였고, 마력석을 생산하는 공장 같은 곳이기도 했다.

아무리 써도 끝없이 넘치는 에너지를 이용하여, 지저 문명은 괴물을 만들고 침공하는 등의 악랄한 짓을 했다.

무한정한 에너지에 심취해 폭주하여서 찬란한 문명의 본래 색을 잃고 폭주했다고 전문가들은 추측하고 있었다.

인간이 쓰는 언어보다 100배 이상 정보 전달 속도가 빠른 고차원적 언어를 구사하며, 놀라운 기술력을 갖춘 문명이 저리 폭력에 물든 모습인 게 이상하다는 것이었다.

아무튼 선지자라는 놈이 누군지는 모르지만, 아무리 봐도 당장 지상을 다시 침공할 것 같은 느낌은 아니었다.

언젠간 다시 침공한다 해도 서문엽이 살아 있을 때는 아닐 듯했다.

'쳇, 기대 많았었는데.'

간만에 만난 지저인이었다.

하지만 그 지저인에게서 느껴진 것은 절망과 위축, 두려움뿐이었다.

본래 같았으면 강한 적이 나타났을 때 신호를 보내 동료를 더 불러내야 했다.

그런데 그러지 않고 혼자 자폭한 걸 보면 줄곧 홀로 떠돌았던 게 아닐까 싶었다.

그건 사회를 잃고 떠도는 유민의 모습이었다.

'좋다 말았네.'

서문엽은 투덜거리며 짐을 챙겼다.

이제 집에 돌아갈 생각이었다.

*　　　*　　　*

퇴근한 백제호는 어느새 돌아와 소파에 누워 TV를 보는 서
문엽을 발견했다.

"여행은 잘 다녀왔어?"

"응."

"산속에라도 있었어?"

"응."

"산삼이라도 좀 따오지 그랬냐?"

백제호가 농담을 건넸다.

서문엽은 심드렁히 대꾸했다.

"비슷한 걸 따오긴 했지."

"그래? 도라지라도 되냐?"

"이런 건 얼마쯤 하냐?"

서문엽은 배낭에서 물병을 꺼내 건네며 물었다.

백제호는 빈 물병에 뭔가 큼직한 검은색 씨앗 같은 게 들어
있는 걸 보고 의아해했다.

하지만 17년 전의 기억이 떠오르며, 그것이 정말 씨앗이라

는 걸 깨달았다.

"헉! 뭐야, 이게!"

백제호는 기겁을 했다.

"뭐긴 뭐야."

"자드룬의 씨앗이 왜 있어?"

"내 창고에 있기에 가져왔어."

"창고? 아니, 이런 걸 안 죽이고 가지고 있었어?"

"어쩌다 보니."

"이 씨앗 하나 때문에 도시 하나가 통째로 파괴될 수도 있는 거 몰라?"

"호들갑 좀 떨지 말자. 도시에 초인이 한둘이냐? 무슨 자드룬 하나로⋯⋯."

"요즘 초인은 배틀필드 선수 빼면 그냥 싸울 줄 모르는 일반인이야. 오히려 자드룬을 키워줄 먹잇감에 불과하다고."

"그러냐? 몰랐네."

"자드룬이면 배틀필드에서도 여럿이서 사냥하는 스테이지 보스 몹인데. 어휴, 말을 말자."

"왜 말을 하다 말아. 이거 팔면 얼마쯤 하냐고."

"글쎄다. 그냥 돈 필요하면 줄게. 뭘 또 팔려고 들어? 진짜 괴물이 또 나타났다고 세상 시끄러워지게."

"누가 돈 필요하대? 지저 문명에 대해 연구하는 기관이 아직 있을 거 아냐? 그런 애들한테 도움 되라고 넘기려는 거지."

"…의외로 옳은 말도 하네?"

"지저 문명에 대한 관심은 아직 끊어지면 안 돼. 완전히 몰살된 것도 아니어서 언제 또 침공을 할지 모르잖아?"

언제부터 그런 거 걱정했냐고 묻고 싶었는데, 알고 보면 세상을 구한 놈이라 백제호는 그냥 대꾸를 관뒀다.

"세계에서 지저 문명을 가장 열심히 연구하는 기관은 뻔하지."

"어딘데?"

"세계 협회."

제6장
출전

　이나연이 힘껏 점프했다.

　파앗!

　초능력에 달리던 가속도까지 실려 이나연은 그야말로 새처럼 날았다.

　공중에서 몸을 비틀며 화살 3대를 한 번에 활시위에 먹여 발사!

　촤촤착!

　뒤쫓던 근접 딜러가 주춤 물러나야 했다.

　벽을 딛고 반대편으로 다시 점프!

　쏜살같이 날아가는 중에도 화살 1대를 다시 발사해 상대 팀 탱커가 사냥하던 살러분 한 마리를 처치했다.

탱커는 벌컥 화를 냈다.

"아오, 저 쌍년이 진짜!"

"깔깔, 고마워요!"

포니테일을 휘날리며 연신 날아오르는 이나연.

적의 욕설을 들어도 웃음으로 화답하는 그녀는 단시간에 성장해 있었다.

지면에 착지하자 분기탱천한 적들이 몰려들었지만, 폭발적인 스프린트로 전부 따돌리는 위업을 달성해 버렸다.

경기장 VIP석.

대형화면을 통해 경기를 보던 서문엽은 흐뭇하게 고개를 끄덕였다.

"우리 도둑년 넷티가 정말 훌륭하게 자랐구나."

—대상: 이나연(인간)

—근력 48/48

—민첩성 71/71

—속도 95/100

—지구력 53/53

—정신력 73/73

—기술 60/60

—오러 69/69

―리더십 20/24

―전술 65/83

―초능력: 점프

가브리엘 감독의 훈련법은 참으로 훌륭했다.

민첩성을 한계까지 다 찍었으며, 속도는 95에 달하며 드디어 월드 클래스의 영역에 발을 들였다.

선수로서 활약하고 쭉쭉 성장하는 걸 느끼니 정신력도 73/73.

기술도 한계를 다 채워서 공중에서 활 쏘는 동작이 자연스러워졌다.

리더십이야 원래 기대도 안 했지만, 의외로 전술적 재능이 좋은 편이었다.

플레이 스타일 자체가 전술적 속성이 중요하기 때문에 속도 외에 더 성장할 여지가 없는 이나연에게 중요한 성장 요소가 될 터였다.

증폭된 분석안으로 이나연의 활약상을 살핀 서문엽은 속으로 생각했다.

'피지컬은 속도 외에 더 성장할 게 없지만, 그래도 더 데리고 있어야겠다.'

지금도 95에 달하는 속도와 점프로 국내외 클럽들의 주목을 받고 있었다.

속도 95면 이미 나단과 달리기만은 동급이었다.

점프를 정면을 향해 하는, 일명 '앞 점프'를 펼치며 뛰어다니면 100의 속도를 가진 상대도 따돌릴 수 있을 정도였다.

싸움에서 이동 속도가 뭐가 중요하냐는 의문은, 전쟁에서 기동력이 뭐가 중요하냐는 질문과 마찬가지다.

다른 장점은 없고 오직 속도와 점프만 가진 이나연은 다채로운 전술 스타일을 가진 감독들이 탐내는 소재였다.

'여기서 속도를 완전히 100 찍어서 비공식 세계 신기록이라도 내버리고, 전술 능력도 키워주면 어떤 감독이든 아주 좋아 죽을 수밖에 없지.'

속도 100을 다 채워서 달리기 세계 신기록을 찍으면 단숨에 전 세계의 이목을 끌 수 있다.

거기에 전술적 움직임도 잘 구사한다면 세상 어떤 감독이 싫어하겠는가?

귀여운 얼굴과 휘날리는 밤색 포니테일은 또 인기도 끝내준다.

이나연은 현재 YSM에서 가장 인기가 좋은 선수로, 관련 상품들도 없어서 못 팔 정도였다.

부동의 인기 1위인 백하연과 국가 대표 선수 몇 사람을 제외하면 이나연이 인기를 휩쓸고 있을 정도.

서문엽의 선택을 받은 스토리 때문인지 대중적으로도 반응이 좋아 팬클럽이 폭발적으로 자랐다.

다만 한 가지 불안한 점은 있었다.

'팔 수 있으려나?'

그놈의 인기 때문이었다.

지금 이나연은 YSM의 프랜차이즈 스타가 된 상황인 것이다.

YSM은 요즘 티켓 판매로도 많은 수익을 거두고 있었다.

그중 절반 이상이 이나연을 보러 온 거다.

껑충껑충 잘도 뛰어다니는 게 볼수록 속이 다 시원한 면이 있었다.

보통은 전술적인 움직임을 보이느라 불필요한 동선을 줄이고 절도 있게 움직이기 때문에 계속 보면 지루하기도 했다.

이나연은 그런 유니크함으로 많은 사랑을 받는 중이었다.

아마 이번 시즌이 끝나면 엄청난 연봉 인상이 예상된다.

지금도 이미 광고 모델로 활약하며 돈을 만지고 있지만 말이다.

이나연과 함께 활약하는 선수가 또 있었다.

촤악!

그림자 속에서 불쑥 화살 세 대가 튀어나왔다.

"큭!"

타깃이 된 근접 딜러가 다리에 화살을 맞고 비틀거렸다.

바로 그림자에 숨어 다닐 수 있는 윤범이었다.

이나연이 코앞에서 날뛰고 그 와중에 사냥도 해야 하는데,

그림자에 스며든 채 접근한 윤범의 기습 공격을 막기란 어려웠다.

아무리 신경 쓴다고 해도 가능한 일이 아니었다. 그런 게 가능했으면 KB—2 리그에서 뛰지도 않는다.

"쯧쯧, 쟨 왜 이렇게 안쓰럽냐."

서문엽은 혀를 찼다.

분명 윤범이 1킬을 했는데 눈에 잘 띄지를 않는다.

그림자에 스며들어 보이지를 않으니, 아무리 송출되는 대형 화면에 몸의 테두리를 밝게 표시해 주어도 관중들의 환호를 받기 어려웠다.

또 MVP에 선정되어 인터뷰를 해도 우물쭈물하며 모기만 한 목소리로 간신히 대답하는 성격이란!

꾸준히 킬을 올리는 대형 루키임에도 인기가 없어 슬픈 윤범이었다.

하지만 전술적 가치는 이나연에 맞먹었다.

이나연이 대놓고 마구 날뛰면, 윤범은 저격수처럼 일격을 선사하고 즉시 이동해 위치를 바꾸는 식이었다.

거기에 조승호가 오늘도 만화책을 읽으면서 화살을 보급해 주니, 이 조합을 막을 수 있는 팀이 KB—2에는 극히 드물었다.

전황이 유리해지자 YSM의 본대도 서서히 상대측 진영으로 접근하기 시작했다.

결국 몰아넣어진 상대 팀이 에라 모르겠다는 식으로 한 타 싸움을 걸었지만, 조직적으로 집단전을 펼치는 YSM의 상대가 되지 못하고 압살당했다.

　─10 대 0! YSM이 압도적인 스코어로 승리를 거두며 2세트 승리를 거두었습니다!]
　─YSM이 이렇게 되면 가까스로 4위에 올라 포스트시즌 우승 경쟁에 합류했습니다!
　─정말 놀라운 저력입니다. 신인 선수들이 대거 약진하고 가브리엘 감독의 정교한 전술과 맞물려 KB─2의 강팀들을 차례차례 격파한 YSM! 이러면 포스트시즌 진출을 앞서 확정 지은 세 팀들이 골치를 썩겠네요!
　─그렇죠. 이번 시즌, 가장 까다로운 팀을 꼽으라면 모두가 YSM을 손꼽았거든요.
　─이번 YSM의 신진들은 서문엽 구단주가 선별했다고 하던데, 정말 안목이 대단합니다.
　─더불어 다른 강팀들이 가장 두려워하는 것은 한 타 싸움에서 YSM 선수들의 움직임이 정말 조직적이고 정교해졌기 때문이거든요. 파리 뤼미에르에서 왔다는 가브리엘 감독이 정말 팀의 기본기를 잘 확립시켜 놓았습니다.
　─예, 한 타 싸움은 기본 중의 기본이죠. 한 타 싸움을 잘 하는데 지는 일은 별로 없거든요.

—이 가브리엘 감독도 서문엽 구단주가 파리에서 직접 데려왔다죠? 하하, 이렇게 되면 서문엽 구단주의 올해 영입은 모두 성공입니다.

　대형화면은 4위 및 포스트시즌 진출 확정에 기뻐하는 선수들을 비추다가 이내 VIP석에 오랜만에 나타난 서문엽을 보여주었다.

　서문엽의 얼굴이 보이자 관중들이 환호성을 내질렀다.

　"서문엽! 서문엽!"

　서문엽은 웃으며 손을 흔들어주었다.

　'이놈의 인기는 참.'

　이나연의 활약을 보기 위해 온 관중이 절반 이상이라면, 나머지는 서문엽 때문에 YSM의 팬이 된 케이스였다.

　서문엽이 직접 경기를 뛰는 것도 아니지만, 그가 하는 일이니 응원하겠다는 마인드였다.

　무슨 짓을 해도 용서받고 뭘 해도 지지받는 서문엽의 놀라운 입지였다.

　한 줌의 희망도 없이 디스토피아를 향해 나아가던 세계에 한 줄기 빛이 되었던 영웅의 위상이었다. 17년이 흘렀지만 아직 그 시절의 일을 기억하는 사람이 매우 많았다.

　아무튼 자신의 팀이 포스트시즌에 진출하자 서문엽은 웃음이 나왔다.

'가브리엘 감독이 결국 약속을 지켰네.'

포스트시즌만 진출하면 우승은 확실하다고 가브리엘 감독은 말했다.

사실이었다.

가브리엘 감독에게는 1년에 세 번 서문엽을 경기에 출전시킬 수 있는 권한이 있었기 때문이다.

그 3회 이용권을 한 번도 사용하지 않고 포스트시즌에 진출했으니, 이제 우승을 가르는 세 번의 경기에 그걸 쓸 터였다.

포스트시즌은 3·4위 팀이 경기를 치르고 이긴 팀이 2위 팀과 경기를 치른다. 거기서 이긴 팀이 1위 팀과 결승전을 치러 승자가 우승을 차지하는 방식으로 진행된다.

무려 5전 3선승제로 진행되는 터라 4위에서부터 차근차근 올라가려면 그야말로 피 말리는 싸움이었다.

그런데 서문엽이 출전한다면 얘기가 달라진다.

그걸 알기 때문에 YSM 선수들은 벌써 우승했다는 듯이 기뻐하고 있었다.

오랫동안 꼴찌 팀의 주장으로 설움을 느꼈던 노정환은 감격의 눈물까지 흘렸다.

포스트시즌 진출을 저렇게 기뻐하는구나, 하고 관중들은 바라보지만…….

"아주 신났네, 신났어."

경기에 나가게 된 서문엽은 혀를 찰 뿐이었다.

이번 경기에서 MVP로 선정된 최혁과 윤범이 인터뷰를 했다.

근접 딜러에서 탱커로 전향한 최혁은 YSM이 한 타 싸움에서 강해진 비결 중 하나였다.

매번 싸움 때마다 최전방에서 악전고투하며 공격을 막아내고 버텼던 것이다.

특유의 질긴 목숨은 이제 최혁의 플레이를 설명해 주는 트레이드마크가 되었다.

─탱커로서 MVP도 받고 팀의 포스트 진출에도 기여해서 아주 기쁩니다. 이제 제 소질이 탱커에 있다는 것을 확신합니다. 포지션 변경을 권해주신 구단주님께 감사할 따름입니다.

최혁은 재미는 없지만 유창하게 인터뷰를 처리했다.

다만 윤범은 또 인터뷰를 권하는 매혹적인 아나운서 앞에서 목소리를 떨어 사람들을 속 터지게 만들었다.

마지막으로 감독 인터뷰도 있었다.

가브리엘 사나 감독은 통역사와 함께 인터뷰를 했지만, 간단한 답변은 본인이 한국어로 처리하는 모습까지 보여주었다.

뿔테 안경이나 헤어스타일도 보다 세련되게 바뀐 가브리엘 감독은 지적인 이미지로 팬을 자처하는 여자들이 간간히 나타나고 있었다.

벌써부터 한국에서는 명장 소리를 듣고 있는데, 학력 좋아하는 한국에서 공부 잘하는 태가 물씬 풍기는 가브리엘 감독은 취향 저격일지도 몰랐다.

가브리엘 감독은 포스트시즌은 어떻게 준비할 거냐는 질문에 다음과 같이 말했다.

—사실 포스트시즌에 대한 걱정은 전혀 없고 긴장도 안 됩니다. 이미 우승컵은 우리가 맡아놓은 게 아닌가 싶습니다.

—와, 자신 만만하시네요?

—YSM에 올 때 구단주께서 약속했습니다. 제가 감독이 되면 1년에 세 번 경기에 뛰어주겠다고요. 솔직히 우승 경쟁을 치르는 다른 세 팀에게 미안함을 느낍니다.

가브리엘 감독의 발언은 폭탄처럼 인터넷 언론에 퍼져 나갔다.

서문엽씩이나 되는 사람이 왜 여기에 나오느냐는 항의 아닌 항의가 포스트시즌 1, 2, 3위 팀들에게서 터져 나왔다.

승격을 간절히 응원하던 그들의 팬들도 삽시간에 좌절했다. 상대가 서문엽이면 답이 보이지 않는 것이었다.

다음 날, 서문엽이 YSM에 입단 계약을 했다는 발표가 있었다.

선수 풀이 부족한 한국 특성상 소속이 없는 선수는 시즌 중에도 영입할 수 있다는 규정이 서문엽을 불러들인 것이었다.

＊　　　＊　　　＊

"이번에 데뷔하게 된 신인 선수다."

가브리엘 감독이 소개했다.

그러자 역사 교과서에서도 본 적 있는 사내가 자기소개를 했다.

"이번에 첫 데뷔고 연봉도 가장 낮지만 그렇다고 너무 구박하지 않으셨으면 좋겠습니다."

"……."

선수들은 그저 떨떠름한 표정으로 세상에서 제일 무서운 신인 선수를 박수로 맞이했다.

그렇게 서문엽은 YSM 선수단에 합류했다.

서문엽이 투입되는 다음 경기는 포스트시즌 1차전, 3위 팀 인천 BC이었다.

"인천 BC은 우리 팀에 대한 대책으로 지난 이적 시즌 때 유소년 리그에서 이 선수를 영입했습니다."

가브리엘 감독이 말하며 리모컨을 조작했다.

대형화면에 프로필이 떴다.

아직 앳된 티가 나는 청년이었다.

그리고 청년의 경기 영상이 흘러나왔다.

증폭된 분석안으로도 실시간 영상이 아니면 적용되지 않는다.

하지만 서문엽은 다행히 YSM의 경기를 TV로 챙겨봤기 때문에 인천 BC과 겨룰 때 저 청년의 능력치를 확인했었다.

"한승엽이지?"

"예, 아시는군요."

─대상: 한승엽(인간)

─근력 59/63

─민첩성 52/70

─속도 55/62

─지구력 64/73

─정신력 63/72

─기술 63/80

─오러 66/67

─리더십 33/42

─전술 49/71

─초능력: 추적

—추적: 살아 있는 타깃 5명을 지정해 위치를 추적할 수 있다. 직접 눈으로 본 타깃만 지정 가능하다.

대체로 별 볼 일 없는 선수였다.

능력치를 한계까지 다 키운다 해도 간신히 KB—2 리그 수준이었다.

현재 능력치는 더더욱 별로였고 말이다.

이런 애를 데려왔다면 목적은 정말로 하나뿐이었다.

"순전히 우릴 이기려고 데려온 거네?"

"예, 보다시피 피지컬 자체는 떨어집니다. 다만 추적이라는 초능력이 유용하게 쓰일 때가 있죠."

가장 최근 인천 BC과 YSM이 치른 경기가 요약된 영상으로 재생되었다.

한승엽은 그림자 속에 숨은 윤범의 위치를 찾아냈고, 조승호가 어디에 숨어 있는지도 알아냈다.

인천 BC 선수들은 우회하여서 조승호를 치는 데 집중했다.

YSM도 조승호를 보호하는 움직임을 취했고, 이나연은 조승호로부터 3㎞ 이상 떨어지지 않도록 거리 조절을 하며 날뛰었다.

결국은 YSM의 승리였지만 인천 BC 측이 조승호를 곧잘 찾아내고 초반부터 한판 붙자고 맹공을 펼치는 통에 난전을 치러야 했다.

조승호가 이나연과 함께 달리기 훈련을 받아서 속도 78/78을 다 찍지 못했더라면 추격당해서 일찌감치 죽었을지도 몰랐다.

"이날 2 대 1로 간신히 이겼지만 하마터면 질 뻔했습니다. 우리 측의 조승호는 물체 전달 능력을 활용해서 적의 위치를 파악하지만, 한승엽의 추적은 바로바로 우리의 위치를 파악하기 때문에 매 순간 판단이 더 빨랐습니다."

조승호는 하나하나 물체 전달을 시도해 보는 식으로 위치 파악을 한다.

하지만 한승엽은 단숨에 미리 찍어놓은 5명의 위치를 파악 가능하다.

"난전이 될수록 불리하네."

서문엽이 결론을 내렸다.

가브리엘 감독은 고개를 끄덕였다.

"아마 포스트시즌 1차전에서도 우리가 이나연, 윤범으로 견제를 펼친다면, 인천 BC는 바로 강공을 펼칠 겁니다."

전력을 동원해 곧바로 문제의 근원인 조승호를 친다는 전략.

극단적이지만 견제를 계속 당하며 불이익을 받는 것보다는 훨씬 나았다.

가브리엘 감독은 어깨를 으쓱했다.

"하지만 사실 별문제는 안 됩니다. 우린 평소와 똑같은 전술로 플레이할 거고, 다만 최정민 대신 구단주께서 출전할 뿐입니다."

끝.

전부 해결이었다.

최정민 대신이라면 서문엽이 조승호가 이끄는 조에 포함되어 있는 것이다.

인천 BC가 전력으로 들이쳐도 서문엽이 함께 있는데 뭐가 문제냐는 투였다.

서문엽은 고개를 끄덕였다.

"뭐 사실 나 혼자 적진으로 뛰어가도 돼. 경기가 30분도 안돼서 싱겁게 끝날까 봐 문제지."

"결국 의미 없는 전술 토론이군요. 결론은 평소대로 하니 특별한 준비는 필요 없는 셈입니다."

모여 있던 선수들은 맥이 빠졌다.

서문엽 있으니 뭘 해도 우리가 이긴다.

그냥 그게 결론이었다.

그동안 늘 철저한 대비를 갖추고 경기에 나섰던 것을 생각하면 허무한 일이었다.

하지만 현실이었다.

자선 경기에서 전원이 국가 대표 선수로 이루어져 있었던 팀을 혼자 박살 낸 것은 지금도 회자되고 있었다.

하물며 KB—2 리그 팀 정도야 어떻게 해도 이기기란 쉬웠다.

서문엽은 곰곰이 생각해 보았다.

1차전 1세트 던전은 위저드 캐니언.

거대한 계곡에 공중을 부유하는 섬들이 제각각 규칙적으로 움직이는 던전.

섬에서 섬으로 건너며 가장 높은 곳에 이르러야 하는데, 정해진 순서대로 이동하지 않으면 와이번 떼의 습격을 받는다.

바로 이나연의 충격적 데뷔전이 있었던 던전이었다. 심지어 그때 상대도 인천 BC.

이기기는 쉬운데 이왕이면 좀 더 재미있는 걸 보여주고 싶었다.

문득 좋은 생각이 났다.

'한 번 시도해 볼까?'

아이디어가 떠오른 서문엽은 벌떡 일어났다.

"그럼 자율 훈련 좀 해도 될까? 준비할 게 있는데."

"상관없습니다. 어떤 준비인지 제게 먼저 말씀해 주신다면 말이죠."

서문엽은 가브리엘 감독에게 자신의 아이디어를 설명해 주었다.

이채를 띤 가브리엘 감독이 물었다.

"그게 가능합니까?"

"이론적으로는 가능하잖아. 내 던지기 비거리도 그 정도쯤 나올 것 같고."

"좋습니다, 그럼 한번 시도나 해보지요."

가브리엘 감독은 쾌히 승낙했다.

허락을 받자 서문엽은 조승호의 뒷덜미를 붙잡았다.

"너도 가자."

"저요?"

화들짝 놀란 조승호.

그대로 서문엽에게 질질 끌려가 접속 모듈 속에 들어가야 했다.

"던전은 위저드 캐니언으로!"

그렇게 주문하고는 서문엽도 장비를 챙겨서 접속 모듈에 들어갔다.

위저드 캐니언에 접속한 두 사람.

서문엽이 조승호에게 어깨동무를 하며 말했다.

"형은 말이다. 창을 던져서 2㎞ 떨어진 목표물도 맞힐 수 있어."

"정말요?"

눈이 휘둥그레진 조승호.

서문엽은 거들먹거리며 고개를 끄덕였다.

"그럼, 목표물이 눈에만 보인다면 말이지. 창은 그 이상도 날아가지만 살상력을 가지려면 딱 2㎞까지가 적당해."

"와……."

"알아들었냐? 눈에만 보인다면이야."

조승호는 눈을 크게 떴다.

그제야 서문엽이 왜 자신을 데려왔는지 알아차린 것이다.

—시야 전달: 눈에 보이는 풍경을 3㎞ 이내에 있는 면식 있는 타인과 공유한다.

조승호의 초능력 시야 전달을 활용해 초장거리 투창을 하겠다는 것이었다.

서문엽의 어마어마한 스케일에 조승호는 감탄을 금치 못했다.

"활로 쏴도 그런 저격은 못 할 거예요!"

"당연하지. 화살은 나처럼 변화구로 날아가지 않잖아."

활을 무기로 삼은 배틀필드 선수들은 대개 일직선상에 있는 적밖에 타깃으로 삼을 수 없다.

그런데 던전이란 게 그런 긴 거리가 지평선처럼 아무런 장애물 없이 이루어져 있지가 않다.

"그럼 네가 무엇을 해야 할지는 알겠지?"

"네, 적을 내려다볼 수 있는 곳으로 가야겠네요."

"정상 루트로 위로 올라가 봐."

조승호는 시키는 대로 홀로 움직였다.

정상 루트로 섬에서 섬으로 옮겨 다니며 이동하면 와이번 떼의 습격을 받지 않는다.

물론 섬에도 자체적으로 나타나는 괴물들이 있지만, 조승호는 이나연과 육상 훈련을 받아 단련된 이동 속도로 도망 다니며 목적지에 도착했다.

—여긴 어떤가요?

"시야 전달 해봐."

—네, 잠시만요.

이윽고 조승호가 보고 있는 장면이 서문엽에게도 보이게 됐다.

정확히는 눈으로 보는 게 아니라 두뇌로 직접 시각 정보가 전달된 것이었다.

"오, 신기하네?"

—어때요? 너무 작게 보이나요?

"좀 작긴 하네. 아, 쌍안경! 쌍안경으로 보는 것도 나한테 전달 가능하지?"

—네.

"그럼 쌍안경 갖고 다시 가봐."

—클럽하우스에 쌍안경이 있을까요?

"넷티한테 쏜살같이 가져오라 해."

그 덕에 이나연이 슈퍼마리오처럼 점프하며 숙소로 달려가 자신의 쌍안경을 가져다주었다.

쌍안경을 가지고 다시 접속.

아까의 위치에 도착한 조승호는 쌍안경으로 내려다보며 시야 전달을 펼쳤다.

—이제 어때요?

"오오, 잘 보여!"

서문엽은 재미있는 놀이를 발견한 어린아이처럼 신바람이
났다.

—한번 던져보세요. 저도 궁금해지네요.

"오냐, 저기 저 소나무 맞혀볼게."

—저게 소나무인가?

"몰라, 같은 침엽수잖아."

던전의 식물들은 지상의 것과는 비슷하면서도 사뭇 달랐
다.

기괴하게 휘어져 자란 침엽수를 타깃으로 삼고, 서문엽은
창을 하나 꺼내 있는 힘껏 던졌다.

파앗!

파공음을 일으키며 날아간 창.

그러나 첫 시도는 실패였다.

침엽수의 15m 근처에도 못 갔다.

"아, 힘드네."

—우와, 그래도 꽤 가까이까지 던지셨어요.

"보는 방향과 던지는 방향이 다르니까 좀 까다롭다."

그래도 창이 어디로 떨어졌는지도 조승호를 통해 봤으므로
대충 감은 잡았다.

휘익!

던졌던 창이 다시 되돌아와 서문엽의 손에 잡혔다.

—헉! 방금 그건 뭐예요?

"뭐긴, 필살기지."

증폭된 던지기의 위력에 조승호가 놀랐다.

아마 이 훈련을 지켜보는 가브리엘 감독이나 코치진들도 놀라고 있을 터였다.

'진짜 필살기는 못 쓰지만.'

영체로 변신은 배틀필드에서는 불가능했다.

'불사'가 아바타에서 제외되었으니 증폭시킬 수도 없었던 것이다.

서문엽은 계속 창을 던졌다.

2차 시도는 5m 이내까지 접근 성공.

3차 시도, 4차 시도는 아슬아슬했다.

그리고 이어진 5차 시도.

콰지직!!

창에 맞고 박살이 나버린 침엽수의 모습을 시야 전달을 통해 서문엽도 볼 수 있었다.

"아자!!"

—우와아아!

서문엽이 포효했고 조승호도 기겁했다.

—저걸 어떻게 맞히신 거예요!

"그 옆에 있는 놈도 맞힌다. 나 완전히 감 잡았어."

기술 100/100.

초장거리에서, 남의 눈을 빌려서, 보는 방향과 다른 곳에서 던지는데도 투창에 성공하는 서문엽의 테크닉이었다.

'기술을 증폭시키면 더 쉽게 맞힐 수 있을 것 같은데. 그러면 창을 회수하지 못하니 어쩔 수 없지.'

던진 창을 다시 회수하려면 던지기에 증폭을 걸어야 했다.

하는 수 없었다.

정확도를 높이기 위해서는 오직 연습뿐이었다.

"계속한다. 이제 다른 곳도 한 번 봐봐. 적이 어디에 있어도 여기서 던져서 맞힐 테니까."

—네!

서문엽의 투창은 계속되었다.

*　　　　*　　　　*

"저게 사람인가?"

이제 수석 코치의 역할에 익숙해진 최동준이 대형 스크린을 보며 경탄했다.

"신이지, 신."

"신이 내린 재능이야."

"우리나라에 저런 초인이 나타나다니. 내가 꿈을 꾸나 봐."

"저러니까 세상을 구했지."

코치들도 넋이 나간 표정으로 중얼거렸다.

기상천외한 장거리 투창.

신화에 나올 법한 영웅의 허풍 섞인 활약상을 그대로 선보인 듯했다.

"올해의 그레이트 킬상은 확정이군."

가브리엘 감독도 중얼거렸다. 저렇게 킬을 한다면 상을 안 줄 수가 없다.

올해의 선수상과 함께 선정하는 그레이트 킬상.

한국인 최초의 수상자가 나올 것 같았다.

*　　　　*　　　　*

누가 현존 최고의 초인이냐는 논쟁은 언제나 뜨거운 논쟁거리였다.

기존 톱3는 물론 제럴드 워커 등의 선수들도 논쟁에 끼어 각자 나라의 네티즌들이 열띤 키보드 배틀을 붙었다.

그런 논쟁에서 한국 네티즌들은 조용한 관람객이었다.

그래도 역대 최고의 초인은 서문엽이다.

서문엽이 죽지만 않았더라면…….

서문엽까지 갈 것 없이, 백제호가 사업 안 하고 선수 했으면 올해의 선수상 몇 개는 탔을 거다.

이런 정도의 말은 하지만 과거를 논하자는 게 아니므로 대체로 찍소리 못 하고 조용히 논쟁을 관람하는 편이었다.

당연히 논쟁에 긴 나라의 팬들도 배틀필드의 불모지인 한국을 신경 쓰지 않았다.

하지만 서문엽이 기적적으로 생환하고서 얘기가 달라졌다.

그동안 아무 소리도 못 했던 한국의 키보드 워리어들이 일제히 들고 일어난 것이다.

서문엽이 팔팔한 서른으로 돌아왔는데 최고 논쟁은 끝난 거 아니냐?

초인 중의 초인이 돌아오셨다. 나단이고 나발이고 이제 입 다물자.

어딜 애송이들을 세계를 구하신 서문엽 형님과 비교하려 들어?

전 세계 네티즌들은 갑작스럽게 펼쳐진 한국 네티즌들의 화력에 당황했다.

그래도 과학적인 대인전 훈련을 거친 현역 선수들과 옛 시대 사람인 서문엽이 같으냐는 반박이 있었다.

그러나 서문엽이 불사신으로 밝혀지면서 한국은 더더욱 기세등등해졌다.

논쟁은 끝났다.
지구 최강의 생명체는 서문엽이다.
서문엽 형님은 아예 안 죽으신다. 한 번 붙어볼래?
불사신이니 서문엽 형님이 환갑잔치를 하셔도 여전히 최고
임.

이는 전 세계 네티즌들도 인정할 수밖에 없었다.
죽여도 안 죽는데 이길 도리가 없지 않은가.
대신 슬며시 논쟁의 주제를 바꿨다.

그래, 가장 강한 건 서문엽이 맞는데, 우린 지금 최고의 배
틀필드 선수가 누구냐를 가리는 거야.
불사는 배틀필드에서 적용이 안 되잖아?
서문엽이 배틀필드 플레이어가 될 생각도 별로 없어 보이
고.

결투 장소가 현실에서 배틀필드로 옮겨가자 한국 네티즌들
도 주춤했다.
배틀필드에 대한 경험이 없는 서문엽이기 때문에 현역 최고
의 선수들과 경기에서 붙으면 불리할지도 모른다는 불안감이

있었다.

하지만 자선 경기에서 서문엽이 올킬 쇼를 벌이자 다시금
화력이 불타올랐다.

봤냐? 불사 없어도 서문엽이 최고다.
현실이고 배틀필드고 그냥 서문엽 형님이 짱이시다.
이제 다시는 안 흔들린다. 서문엽은 무조건 최고다.

존재 자체로 논쟁거리를 계속 제공하고 있는 서문엽.
그런 서문엽이 자선 경기 이후, 마침내 공식전 무대에 나타
났다.
그 여파는 대단했다.
전 세계가 한국의 2부 리그 경기에 관심을 기울이게 된 것
이었다.
서울 배틀필드 경기장.
"인천! 인천!"
"YSM! YSM! YSM!"
"서문엽! 서문엽!"
경기 시작 전이지만 벌써부터 관중석의 분위기가 뜨거웠
다.
포스트시즌 1차전.
인천 BC 대 YSM.

마침내 서문엽이 공식전에 출전하는 역사적인 날이었기 때문이다.

이미 한 번 자선 경기 때 실력을 제대로 보여주었던 서문엽이었다.

한국의 초인이라는 게 믿겨지지 않는 화려한 활약을 선보인 서문엽의 플레이를 또다시 볼 수 있다니 감개무량한 팬들도 있었다.

본인의 강함은 물론, 구단주로서도 찍는 선수마다 대박을 터뜨리는 안목을 갖췄으니 한국 배틀필드 팬들은 살판이 났다.

서문엽 때문에 배틀필드에 입문한 나이 든 팬들도 생겨나면서 YSM은 돌풍의 중심이 되었다.

선수 대기실에서 준비를 마친 양 팀 선수가 경기장에 입장하기 위하여 복도에 집결했다.

인천 BC 선수들은 정말로 무장을 하고 나타난 서문엽에 시선을 완전히 빼앗겼다.

진짜 서문엽이었다.

역사 교과서, 신문, 뉴스, 영화, 광화문 동상 등으로 본 주인공이었다.

그런 사람이 상대 팀에서 적으로 뛴다니 불합리하다는 생각마저 들게 했다.

'국가 대표들도 올킬당했는데……'

'이건 좀 아니다.'

'치사한 YSM 놈들. 서문엽을 여기 내보내는 건 좀 아니지 않냐?'

'왜 2부 리그 경기에 서문엽이 나타나는 거야.'

'제발, 너무 처참하게 지면 안 되는데.'

잔뜩 주눅 든 표정의 인천 BC 선수들.

그에 비해 YSM 선수들은 축제에 나가는 듯 설레는 모습이었다.

'우승이다.'

'1부 리그 승격이다.'

'우승 경쟁인데 왜 이렇게 마음이 편하냐.'

'치트키 쓴 것 같아서 좀 미안해진다.'

'인천 애들이 이번에 우승하려고 굉장히 노력했었는데.'

오히려 경쟁 상대인 인천 BC에게 미안해할 정도였다.

서문엽은 인천 BC 선수들을 쭉 둘러보며 분석안을 펼쳤다.

'역시나 딱히 탐나는 선수는 없군.'

전체적으로 KB—2 리그 중에서는 수준이 높은 편인데, 특출한 잠재력을 가진 선수도 없이 상향평준화된 느낌의 팀이었다.

그러다가 유달리 능력치가 낮은 선수가 보였다.

바로 인천 측의 신인 한승엽이었다.

한승엽은 YSM의 선수들을 하나하나 바라보다가 서문엽과 눈이 마주쳤다.

"안녕?"

서문엽이 말을 걸었다.

"안녕하십니까!"

한승엽이 우렁차게 인사했다.

"살살 말해, 시끄러, 인마."

"네!"

여전히 데시벨이 높은 한승엽의 목소리.

"추적 타깃 지정하고 있었냐?"

그 말에 화들짝 놀란 한승엽이었지만 이내 고개를 끄덕였다.

"네!"

"나도 지정했지?"

"네, 물론입니다!"

"그래, 나도 너 타깃으로 찍었다."

"그, 영광입니다!"

"응, 수고해. 나한테 찍혔다고 너무 울지 말고."

"안 웁니다!"

씩씩해서 좋긴 하지만 재능이 별 볼 일 없어서 한승엽에게 더는 관심이 가지 않았다.

마침내 선수 입장.

경기장 중앙에서 팬들에게 인사하고 서로 악수하며 경기 준비를 마쳤다.

"서문엽! 서문엽! 서문엽!"

내내 서문엽의 이름이 울려 퍼져서 인천 BC 선수들을 더욱 주눅 들게 만들었다.

서문엽은 피식 웃으며 한마디 할 뿐이었다.

"아, 존나 시끄럽네."

"배부른 소리 마세요. 부러워 죽겠는데."

남궁지훈이 투덜거렸다.

서문엽은 어깨를 으쓱했다.

"워낙 주목을 많이 받고 살아서 이제 지겹다."

"헐……."

재수 없지만 사실이라 할 말이 없었다.

그리고 마침내 경기가 시작되었다.

1세트는 위저드 캐니언.

서문엽은 던전에 접속하자마자 조승호에게 말했다.

"승호, 연습했던 대로 가자."

"네, 지금 출발할게요!"

조승호는 이나연, 윤범, 남궁지훈, 최혁을 데리고 출발했다.

선발대가 적진 가까이 접근하여서 초반부터 압박하는 평소 전술 그대로였다.

하지만 경로가 살짝 달랐다.

그들은 정상 루트를 통해 위로 올라가고 있었다.

와이번 떼에게 습격당하지 않는 정상 루트로 이동하며 점점 높은 섬으로 올라가고 있는 것이었다.

이유는 단 하나.

높은 곳에서 적을 내려다보기 위해서였다.

조승호 일행은 적이 보이는 높은 곳까지 도달하여 목에 걸고 다니던 쌍안경을 꺼내 들었다.

—적 확인!

조승호가 시야 전달로 쌍안경으로 보이는 적의 모습을 서문엽에게 전했다.

"좋아, 한승엽 찾아봐."

—한승엽 확인!

이윽고 사냥에 열중하고 있는 한승엽의 모습이 보였다.

서문엽은 창을 꺼냈다.

철컥! 철컥!

오러를 주입하자 창이 1.8m 길이로 펼쳐졌다.

'지금 위로 올라간 조승호 일행을 신경 쓰고 있겠지?'

저쪽 팀의 한승엽은 지금도 이미 추적 초능력으로 서문엽과 조승호를 감시하고 있을 것이다.

다만 서문엽은 현재 멀리 떨어져 있는 상태. 그러니 한승엽은 가까이에 있는 조승호만 신경 쓰고 있을 가능성이 높았다.

"이나연이랑 윤범 움직여서 시선 끌어봐."

서문엽이 추가로 주문했다.

이나연과 윤범도 한승엽의 추적 타깃에 지정되어 있을 테니 말이다.

지시대로 이나연과 윤범이 적진 쪽으로 이동했다.

　그러자 인천 BC도 이 두 사람의 견제 플레이에 대비하는 움직임을 보였다.

＊　　　　＊　　　　＊

　"이나연, 윤범, 2조를 향해 접근 중!"

　한승엽이 소리쳤다.

　서문엽도 서문엽이지만 YSM의 주 무기는 바로 이나연과 윤범의 견제 플레이였다. 한승엽이 경고를 보내자 인천 BC의 주장 백강철은 고개를 끄덕였다.

　"계획대로 대응한다. 원거리 딜러들은 모두 2조로 이동. 승엽이는 가지 말고 여기서 계속 주요 적 위치 보고해. 서문엽은 어디 있어?"

　"본대와 함께 있습니다."

　"다행이네. 서문엽도 견제하겠다고 초반부터 다가왔으면 곤란했을 텐데."

　백강철은 다소 안도했다.

　인천 BC의 대응 전략이 달라졌다.

　본래는 YSM이 이나연과 윤범을 앞세워 재미 보려 들면, 당장 전원이 움직여 조승호 사냥에 나서는 극단적 전략을 취해 왔다. 하지만 YSM에 서문엽이 끼어 있으니 더는 그런 극단적인 총공격을 취하기 어려웠다.

그래서 원거리 딜러를 다수 동원해 이나연과 윤범의 견제 플레이에 대응하는 것으로 방침을 변경했다.

이나연도 윤범도 활을 주로 쓰기 때문에 원거리 딜러들로 맞대응하면 막을 수 있었기 때문이다.

물론 조승호처럼 화살을 무한 공급해 주는 이가 없어 화력에서 밀리긴 하지만, 인천 BC의 원거리 딜러들도 화살을 잔뜩 챙겨 들고 온 상태였다.

본래 원거리 딜러는 사정거리가 긴 대신에 공격력이 근접 딜러보다 떨어져서 다수를 동원하지는 않는다. 그런데 오늘은 YSM에 대한 맞춤 전술로 기교를 부린 것이었다.

이윽고 이나연과 윤범이 나타나 인천 BC 측과 교전을 개시했다. 인천 BC 측에서 원거리 딜러 3명이 활을 쏘며 맞대응하자 이나연과 윤범은 가까이 접근 못 하고 멀리서 활로 응사할 뿐이었다.

그런데 그때였다.

휘익―

멀리서 창 한 자루가 바람을 가르며 날아들었다.

"응?"

백강철은 와이번들을 상대로 열심히 사냥하던 중에 어디선가 날아오는 창을 발견했다.

"뭐, 뭐야, 저건……!"

조심하라고 외칠 틈도 없었다.

우아한 궤적을 그리며 폭포수처럼 뚝 떨어진 창이 그대로 한승엽의 옆구리에 적중했다.

콰직!

팟!

한승엽의 아바타가 그대로 소멸되었다.

—서문엽, 1킬.

한순간에 벌어진 일이었다.

"뭐야! 창이 왜 날아와?!"

주장 백강철이 소리쳤다.

서문엽의 창이 분명했기 때문.

"서문엽은 본대와 함께 있다며?"

하필이면 전술의 핵심이었던 한승엽을 죽여 버렸다.

인천 BC가 혼란에 빠진 틈에, 창이 한 자루 더 날아왔다.

파앗— 콰악!

"으악!"

이번에는 근접 딜러가 당했다.

—서문엽, 2킬.

"서문엽이 가까이 접근한 거야! 다들 사방 경계해!"

백강철이 소리쳤다.

당연히 가까이에서 투창을 하고 있다고밖에 생각할 수 없었다. 하지만, 이번에는 이나연·윤범과 실랑이를 벌이는 2조 쪽에서 사고가 터졌다.

─악!

─서문엽, 3킬.

정신을 차릴 수 없었다.

이쪽을 노리나 했는데 이번에는 저쪽에서 킬이라니?

"대체 어디서 창을 던지는 거야?!"

패닉에 빠진 인천 BC.

서문엽의 초장거리 투창이 세상에 모습을 드러낸 순간이었다. 하지만 이제부터 시작이었다.

던져졌던 창들이 다시 왔던 방향으로 돌아가는 것이었다.

오러가 다 고갈될 때까지 무한히 창을 던질 수 있다는 뜻.

인천 BC 선수들에게 지옥이 펼쳐졌다.

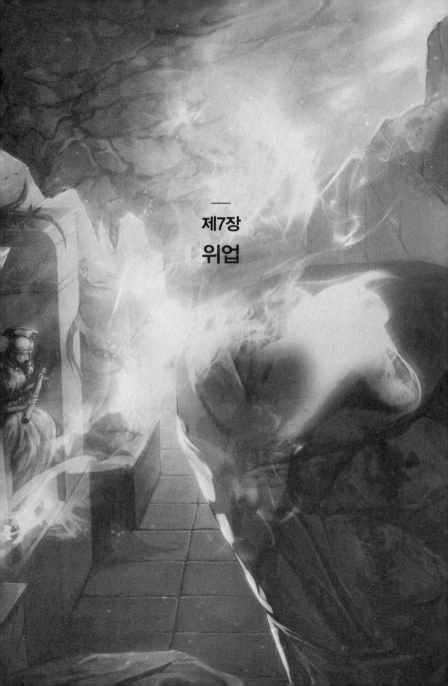

제7장
위업

　—서문엽 선수, 벌써 3킬입니다!

　—지금 제가 보고 있는 게 현실인가요? 대략 2㎞ 조금 넘는
거리에서 3킬을 거뒀습니다. 어떻게 저 거리에서 창을 던졌나
요?! 보이지도 않는데⋯⋯!

중계진은 흥분했다.

관중들 역시 충격적인 광경에 넋을 놓고 말을 잃었다.

"어떻게 맞힌 거야?"

"안 보이잖아?"

"아니, 저 거리에서 어떻게 창을 던져?!"

"미쳤다……."

그때 대형화면에 서문엽이 돌아온 창을 잡고 다시 한번 던지기를 하는 광경이 비쳐졌다.

신중하게 조준하고서, 달려가며 추진력을 실어.

파앗!

있는 힘껏 던진 창이 시원스러운 포물선을 그리며 쏘아졌다.

콰지직!

"크에에엑!"

인천 BC 선수들이 사냥 중이던 와이번의 머리통을 그대로 꿰뚫어 버렸다.

이로써 확실해졌다.

서문엽은 정확히 조준하고 던지고 있었다.

―조승호 선수에게 주목해 봐야 합니다. 평소와 달리 이번에 조승호 선수가 자리 잡은 위치가 달라요. 높은 고도에서 쌍안경으로 인천 선수들을 계속 내려다보고 있거든요.

―예, 조승호 선수가 적의 위치를 알려주면 서문엽 선수가 창을 던져서 맞히는 식인 것은 확실한데, 그게 가능한 일이던가요?

조승호의 시야 전달은 알려진 초능력이 아니었다.

그래서 다들 어떻게 서문엽이 멀리 떨어져 보이지 않는 적을 정확히 맞힐 수 있는지 의아해했다.

하지만 사정을 알면 더 놀라게 된다.

"저게 어떻게 가능하지?"

VIP석.

백제호가 말도 안 된다는 듯이 중얼거렸다.

백제호와 한승희 부부는 함께 서문엽이 출전하는 경기를 관람하러 나들이를 나왔다.

겸사겸사 YSM 선수들의 경기력을 확인하고 대표 팀에 선발할지 여부를 정할 생각이었지만, 주요 목적은 역시나 서문엽의 실력을 보고 싶어서였다.

"조승호라는 선수가 눈에 보이는 걸 다른 사람한테 전달할 수 있대."

한승희가 조곤조곤 말했다.

백제호는 고개를 끄덕였다.

"그건 나도 들었어. 근데 문제는 보는 방향하고 던지는 방향이 완전히 다르다는 거야. 차라리 안 보고 던지는 것보다 더 헷갈릴 수도 있는데, 저걸 저 거리에서 정확하게 맞히다니……"

"엽이 씨가 워낙 대단하잖아. 자기가 더 찬양하고 다녔으면서."

"그건 저 자식이 죽은 줄 알았을 때고."

서문엽에게 은혜를 입은 백제호는 친구의 추모에 앞장서면서 그가 얼마나 위대한 초인이었는지 알리려 노력했다. 그래서 서문엽 팬클럽 회장이니, 서문엽의 대리인이니 하는 별명을 들었을 정도였다.

근데 살아 돌아오니 조금 민망해진 것이다.

뭐 하러 징그럽게 그런 짓을 하고 다녔냐는 서문엽의 심드렁한 반응도 있었고 말이다.

"당신 그거 기억 나?"

백제호가 문득 말했다.

"내가 서문엽이 2㎞ 바깥에서도 창을 던져 괴물을 맞혔다고 말한 적 있었는데, 허풍이 심하다고 사람들이 다들 뭐라고 했거든."

한승희가 쿡쿡 웃었다.

"친한 친구였던 건 알겠는데 좀 지나치다고 사람들이 그랬지."

"속이 다 시원하네. 난 허풍 떤 적이 없는 게 이제야 증명됐잖아."

워낙 경이로운 활약이 많았던 서문엽이라, 서문엽에 대한 백제호의 증언들은 용비어천가처럼 취급되어서 다 사실로 받아들일 수는 없는 주관적인 견해로 취급되었다.

허풍쟁이가 된 백제호로서는 속이 터질 노릇이었다.

그래서 서문엽에게 배틀필드를 하라고 권했던 것일 수도 있었다.

그 대단함을 직접 모두에게 보여줬으면 하는 바람이었다.

'이제 증명된다.'

그저 서문엽을 찬양할 뿐, 진정으로 서문엽이 어떤 인간이었는지 몰랐던 대중들에게, 이 경기를 보여주고 싶었다.

"근데 던진 창을 되돌아오게 할 수도 있었던가?"

서문엽에 대해 가장 잘 안다고 자부하던 백제호조차도 처음 보는 광경이라 의아스러웠다.

"초능력이 더 진화한 거 아닐까?"

한승희가 의견을 제시했다.

"그런 경우가 없지는 않지만……."

저기서 아직 더 진화할 게 있었냐는 의문을 품을 수밖에 없는 백제호였다.

서문엽은 창 네 자루를 로테이션으로 돌렸다.

되돌아온 창을 다시 던지는 식으로, 서문엽은 무한히 공격을 펼쳤다.

목숨을 위협하기도 하고, 몹 스틸도 하면서 끊임없는 견제가 펼쳐졌다.

계속 공격이 날아오므로 인천 BC 선수들은 죽을 맛이었다.

창이 언제 어디로 날아올지 모르니 사냥에 집중할 수가 없었다.

탱커 1명이 마크하고 나머지는 사냥에 몰두하는 방식도 안

통했다.

공격 범위가 워낙 광범위해서 탱커 1명이 감당할 수 없었다.

결국 계속 창이 날아올 것을 주의하며 사냥해야 하니 정상적인 플레이가 될 수 없었다.

"미치겠네, 진짜!"

"대체 어디서 던지는 거야?"

"이나연은 차라리 보이기라도 하지!"

물론 보는 앞에서 점프하며 날뛰어서 더 얄미운 게 이나연 견제의 특징이었다.

하지만 서문엽이 보여주는 이 투창 견제는 그와 비교할 수도 없는 위협성이 있었다.

아무런 대책도 없었던 것이다.

"하필 승엽이가 먼저 죽다니. 이것도 노린 거겠지."

인천 BC의 주장 백강철은 이를 갈았다.

한승엽이 죽으니 윤범과 이나연의 기세가 덩달아 살아났다.

위치 추적이 안 되니 윤범이 안심하고 그림자에 숨어 침투했고, 윤범이 먼저 들어가 흔드니 이나연도 슬슬 점프를 펼치며 견제에 시동을 걸었다.

이나연과 윤범을 막기 위해 모인 원거리 딜러들은 멀리서 날아오는 창 때문에 정신이 없었다.

"또 날아온다! 피해!"

버럭 소리 지르며 왼쪽으로 피하는 원거리 딜러.

콰악!

날아온 창이 조금 전 있던 자리에 꽂혔다.

그러나 그때, 그림자 속에서 윤범이 단검을 들고 뛰쳐나왔다.

좌악! 콱!

"컥!"

파앗!

원거리 딜러의 아바타가 소멸되었다.

─윤범, 1킬.

서문엽과 합작한 암습이었다.

서문엽은 이로써 3킬 1어시를 올렸다.

"좀 더 템포를 올려볼까?"

씨익 웃은 서문엽이 등에 매달고 있던 나머지 4자루의 창까지 전부 던지기 시작했다.

총 8자루 창의 로테이션!

당연히 투창 속도도 2배 더 빨라졌다.

인천 BC 선수들이 2배 더 괴로워졌다는 뜻이었다.

"구단주님, 슬슬 끝내러 갈까요?"

YSM의 주장인 노정환이 물었다.

서문엽은 고개를 끄덕였다.

"내가 계속 조지고 있을 테니까 가서 마무리 지어라."

"예!"

서문엽이 계속 장거리 투창을 시전하는 가운데, 나머지 10명의 선수가 인천 BC를 치러 갔다.

이미 4명이 죽은 인천 BC다.

거기에 사냥 효율에서 훨씬 압도적이었기 때문에 이제 양 팀의 격차는 훨씬 더 벌어져 있었다.

더 경기를 길게 끌어봐야 의미 없으므로 일찌감치 끝내기로 노정환은 판단한 것.

그렇게 벌어진 한 타 싸움에서 YSM은 인천을 압도했다.

한 타 싸움조차도 서문엽이 가장 빛을 발했다.

계속 창을 던져 1명을 더 죽이고, 다른 모든 킬에도 어시스트를 했다.

4킬 7어시.

상대 팀 11명을 죽이는 데 전부 관여했다는 뜻이었다. 주구장창 창만 던져서 딴 공격 포인트였다.

*　　　　*　　　　*

"오오! 역시 서문엽이야!"

"이런 놀라운 플레이를 보여주다니! 또다시 세상을 놀라게 했어!"

100인치짜리 스마트 TV로 경기를 관람하던 모로 형제가 열광했다.

형 장 모로가 흥분에 몸을 떨었다.

"화끈하게 올킬해 버리는 것도 멋졌을 테지만!"

"저건 더 멋져!"

"그래! 기상천외한 플레이를 보여주는 게 더 서문엽다워! 으하하! 어떻게 저 거리에서 창을 던진다는 발상을 할 수 있지?"

필립 모로는 선수 관리의 전문가인 만큼 좀 더 분석적인 시각을 발휘했다.

"저 조라는 서포터의 초능력일 거야. 아마 쌍안경으로 본 것을 그대로 서문엽에게 전달해 줄 수 있는 능력이라도 있는 거겠지. 그냥 말로 위치를 전해줘서는 창으로 맞힐 수 있을 만큼 정확한 포인트 전달이 불가능해."

"아, 그렇겠군. 그럼 조라는 서포터도 함께 데려와야 서문엽의 저 우아한 장거리 투창을 우리 클럽에서 선보일 수 있는 걸까?"

"글쎄, 아쉽지만 조의 스펙이 너무 떨어져. 유용한 초능력이 여러 가지 있지만 우리 파리 뤼미에르에 어울릴 선수는 아냐. 차라리 비슷한 초능력을 가진 좀 더 나은 서포터를 찾아보는 게 나을 것 같아."

"꼭 찾아봐! 저 장거리 투창은 서문엽을 상징하는 트레이드마크가 될 거야. 위력도 어마어마하지만, 마케팅적으로도 팬들을 열광하게 만드는 흥행 포인트라고!"

"물론이야, 형. 저 투창은 완전히 미쳤어. 파리의 유니폼을 입고 저 플레이를 펼치는 걸 보고 싶어."

애석하게도 KB—2 리그에서 데뷔를 했지만, 어쨌거나 서문엽이 마침내 프로 선수가 되었다는 점이 중요했다.

"흐흐, 서문엽을 영입한다는 게 돈의 문제라면 너무 쉬워지지."

"그냥 많이 주면 되니까."

"서문엽이 자신의 팀을 키운다 해도 결국 한국 리그야. 능력을 온전히 펼치기 위해서는 세계 무대로 나올 거야. 바로 그때, 그를 영입하는 건 바로 우리 클럽이야."

"어떤 팀보다도 많은 돈을 준비하면 되잖아. 그건 너무 쉬운 일이야. 우리 클럽은 그의 조카도 있으니까."

서문엽이 아끼기로 소문난 조카 백하연은 현재 파리 뤼미에르 BC에서 교체 멤버로 활약 중이었다.

확고한 주전이 될 정도로 폭발적인 활약을 보이지는 못했지만, 그럭저럭 쓸 만한 선수라고 팬들도 인정하는 분위기였다.

잘하면 칭찬하고 부진하면 주급 도둑이라며 무자비하게 쌍욕을 하는 팬들이지만, 백하연은 아직까지 욕을 먹지 않았다.

갑자기 수준 높은 파리 프르미에 리그에 왔으니 적응의 문제도 있고 해서 부진한 경기가 없지는 않았다.

하지만.

"팬들도 눈치가 있어서 참 다행이야."

"하연을 욕해서 기분 상하게 하면 서문엽이 안 올지도 모른다는 걸 팬들도 아는 거야."

파리 뤼미에르 BC의 서포터들도 알고 있었다.

백하연은 서문엽을 불러들이기 위한 모로 형제의 원대한 계획의 일환이라는 것을.

거기다가 경기력도 나쁘지 않기 때문에 단순한 미끼 상품도 아니었다.

쓸 만한 근접 딜러도 영입하고 서문엽도 불러들이는 일석이조 효과라고 서포터들은 모로 형제를 칭찬했다.

이를 아는 다른 팀 서포터들도 백하연을 데려오자고 아우성 중이었다.

인터넷상에서 파리 뤼미에르 BC의 팬인 척하며 백하연에 대한 욕설을 써서 이간질까지 시도하는 상황.

물론 파리 뤼미에르 BC의 서포터들도 인터넷에서 열심히 디펜스를 하며 백하연을 애지중지하고 있었다. 나중에 삼촌을 불러올 소중한 선수였으니까.

*   *   *

"수고하셨습니다."

가브리엘 감독과 코치진이 서문엽을 개선장군처럼 맞이했다.

"어때? 죽이지?"

서문엽이 한껏 거들먹거리며 묻자 가브리엘 감독도 웃으며 고개를 끄덕였다.

"관중들의 반응이 아주 뜨거웠습니다."

"흐흐, 그럼 재미는 충분히 준 셈이네?"

"예, 쇼는 이걸로 충분하니 이제 2세트와 3세트는 가볍게 분질러 버리죠."

2세트 던전은 천 개의 다리.

까마득한 절벽 위에 천여 개의 다리가 설치되어 복잡하게 얽혀 있는 미로 형식의 던전이었다.

워낙 지형이 복잡해 장거리 투창을 하기에 적당하지 않았다.

쇼 비즈니스 차원에서 색다른 플레이를 보여준 서문엽도 이제는 본 실력을 드러낼 생각이었다.

*   *   *

천 개의 다리.

거대한 원기둥 모양으로 구멍이 뚫린 절벽에 수많은 다리가 얽히고설킨 던전이다.

살짝 발을 디뎌도 폭삭 무너지는 다리도 있고, 환영으로 만들어진 가짜 다리도 있어 각별한 주의가 필요했다.

어떤 게 진짜 다리인지 정확한 지리 파악이 필요하기 때문에 눈 감고도 다닐 수 있을 때까지 빡세게 훈련해야 하는 곳이다.

그래서 신인 선수들이 준비하느라 고생하는 던전인데, YSM의 많은 신인 선수들은 가브리엘 감독의 지도하에 철저히 준비했다.

'여기도 내가 공략했던 곳인데, 너무 오래돼서 간만에 공부 좀 했다.'

숙지하는 데 한 시간 정도 걸렸다.

코치들이 깜짝 놀랐는데 서문엽의 머리가 매우 좋다는 것이 다시 한번 증명된 순간이었다.

게다가 서문엽이 숙지했다고 말하는 것은 단순히 어느 다리가 진짜고 가짜인지 구분하는 수준을 뜻하는 게 아니다.

정석 루트, 지름길, 샛길을 다 파악하고, 적 팀을 견제할 수 있는 좋은 포인트까지 파악해 뒀다는 뜻이었다.

환영으로 만들어진 다리의 경우 좋은 은폐물이 되기 때문에 기습 용도로 쓰기 좋았다.

선수들이 던전에 접속하자, 곧바로 괴물들이 튀어나오기 시작했다.

시작은 아라크네.

거미줄을 타고 내려와 선수들을 공격하기 시작했다.

"흩어져! 거미줄에 맞지 말고!"

노정환이 소리쳤다.

서문엽이 합류했지만 팀의 주장이자 메인 오더는 여전히 노정환이었다.

서문엽은 역할에 구애받지 않고 자유롭게 활약하는 프리롤(Free Role)을 부여받았고, 필요할 경우 몇몇 선수를 차출할 권한까지 부여받았다.

이는 구단주라는 신분 때문이 아니었다.

가브리엘 감독이 서문엽의 뛰어난 전술적 역량을 인정했기 때문에 이러한 절대적 권한을 준 것이었다.

그도 그럴 것이 서문엽의 전술적 역량은 인류의 최고치인 100/100.

88/98의 빼어난 역량을 가진 가브리엘 감독보다도 훨씬 높았다.

그렇지 않았으면 제아무리 지위와 명성을 가진 서문엽이라 해도 가브리엘 감독이 자신의 권한을 침범당하는 걸 용납하지 않았을 터였다.

서문엽도 무언가 시도하기 전에 가브리엘 감독의 허락을 먼저 구했기 때문에 두 사람은 사이가 매우 좋았다.

YSM의 선수들이 뿔뿔이 흩어졌다.

아라크네들의 거미줄은 생명력을 빨아먹으며, 한번 닿으면 끈끈해서 잘 떨어지지도 않아 골치 아프기 때문.

쾅직!

서문엽은 아라크네들을 미친 듯이 죽여 나갔다.

100㎝ 던지기 컨트롤을 이용한 강력한 찌르기로 한 번에 한 마리씩 꾸준히 죽였다.

아라크네는 단단한 껍질만 뚫으면 맷집이 약해 쉽게 죽으므로 그리 사냥이 어려운 괴물이 아니었다.

하지만 사냥은 이제 시작이었다.

아라크네보다도 2배는 더 큰 칠흑색 거미가 나타나 사방에 거미줄을 펼치기 시작한 것이다.

"사령거미다!"

"원거리 딜러들, 집중 사격해!"

직접 달려들기보다는 일단 사방에 거미줄을 치며 활동 범위를 넓히는 사령거미.

이윽고 흉측한 주둥이를 쩌억 벌려서 거미줄로 똘똘 뭉친 덩어리를 토해내기 시작했다.

덩어리가 거미줄 곳곳에 대롱대롱 달렸다.

이나연과 윤범 등 원거리 딜러들이 공격했지만 사령거미는 단단함도 아라크네에 비할 바가 아니었다.

덩어리들이 점점 부풀어 오르기 시작했다.

그리고 번데기에서 탈피하듯, 안에서 무언가가 거미줄 덩어리를 찢고 나오기 시작했다.

"크아아악!"

간신히 사람 형상을 하고 있지만, 이미 죽은 지 꽤 되어 보이는 좀비였다.

사령거미는 살아 있는 생명체를 거미줄로 납치해 죽이고 작은 덩어리로 압축시켜서 보존했다가 나중에 다시 꺼내 좀비로 부리는 흉악한 괴물이었다.

전투 방식이 워낙 까다로워서 거의 보스 몹 수준으로 취급되는 녀석이다.

죽자마자 보존되어서 부패되지는 않았지만 생전에 던전 공략을 하던 초인으로 보이는 좀비가 사령거미의 하수인이 된 광경은 끔찍했다.

"이야, 이런 것까지 잘 구현했네. 옛날 생각난다. 알에서 예전 동료가 튀어나오는 것도 본 적 있는데."

서문엽은 옛 추억을 떠올리며 아련한 표정을 지었지만, 다른 선수들은 그 말에 으스스함을 느껴야 했다.

지금이야 가상이라지만, 저런 광경을 실제로 봤다면 어떤 기분이었을까?

사령거미들은 계속 나타났다.

서문엽은 슬슬 본격적으로 사냥 속도를 높이기로 했다.

바로 무차별 던지기!

던지기를 증폭시키고서 창 8개를 미친 듯이 사방에 던졌다.

콰직!

"끼엑!"

쉬익— 콰지직!

"크어어어!"

알에서 깨어난 좀비든 사령거미든 아라크네든 가리지 않고 족족 죽였다.

되돌아오는 창을 낚아채 바로 던지며 미친 듯이 괴물을 학살하는 서문엽.

폭탄이 터진 것처럼 괴물들은 우수수 시체가 되어버렸다.

YSM 선수들도 괴물들이 급속도로 줄어들자 사냥감을 잃고 넋을 놓을 정도였다.

사냥 포인트가 급속도로 쌓였다.

서문엽의 몸에 휩싸인 오러가 푸른색을 넘어 보랏빛을 띠기 시작했다.

단번에 폭발적인 사냥으로 괴물을 휩쓸어버린 서문엽.

물론 초능력을 난사한 만큼 오러도 소모되었지만 서문엽은 믿는 구석이 있었다.

자신의 사냥 포인트가 보랏빛이 된 것을 확인하고서는 조승호에게 손짓했다.

"인마, 이리 와서 오러 좀 내놔."

거의 삥 뜯는 일진 같은 태도였다.

"네."

조승호는 순순히 서문엽에게 오러를 전달해 주었다.

던지기를 연속으로 펼치느라 소모된 약간의 오러가 다시 보충되었다.

"이만하면 됐다. 나 먼저 가본다?"

"예."

노정환은 고개를 끄덕였다.

서문엽은 일행을 떠나 단독으로 움직이기 시작했다.

그때부터는 서문엽의 쇼 타임이었다.

재빨리 인천 BC 측에게 접근한 서문엽은 수없이 얽힌 다리들을 은폐물 삼아 효과적인 사냥을 했다.

창에 강력한 회전을 걸어서 가로막고 있는 다리를 피해 타깃을 노렸다.

콰직!

—서문엽, 1킬.

창을 한 번 던지면 즉시 자리를 떠나 움직였다.

"4시, 아니, 5시 방향으로 움직이고 있어요!"

한승엽이 열심히 추적으로 서문엽의 위치를 파악해 알려줬지만, 방향에 대비할 틈을 주치 않았다.

계속 위치를 바꾸면서 창을 던졌고, 또한 5시에서 던졌는데 급격하게 궤적이 틀어져서 4시 쪽에서 날아들기도 했다.

"펼쳐! 몰아서 잡아야 돼!"

인천 BC는 4—3—3으로 인원을 나눠 세 방향에서 서문엽을 몰아넣어 사냥하기로 했다.

하지만 그것은 실수였다.

서문엽이 득달같이 달려들어서 3명밖에 남지 않은 조를 삽시간에 몰살시킨 것이다.

—서문엽, 2킬.

—서문엽, 3킬.

—서문엽, 4킬.

매복했다가 창을 던져서 하나.

달려들어서 육탄전으로 둘.

후퇴하려는 놈을 창 던져서 셋.

킬을 먹고 사냥 포인트가 대폭 쌓인 서문엽은 이제 핏빛과 같은 진한 붉은빛을 띠었다.

"빨리 끝내자. 더 시간 끌며 오랫동안 괴롭히는 취미는 없거든."

계속해서 3명이 모인 조를 향해 달려가는 서문엽.

세 갈래로 흩어진 인천 BC를 각개격파로 다 잡겠다는 심산!

"이런 제기랄!"

인천 측의 주장 백강철은 울분을 토했다.

3인 1조는 배틀필드의 기본이었다.

셋이 있는데 한 명을 못 당해낸다면 애당초 상대가 되지 않는다는 뜻이었다.

3인조에게 달려가다가 돌연 등을 돌려서 주장 백강철이 포함된 4인조를 향해 투창!

창은 나선을 그리며 다리들을 비켜가 인천 BC의 원거리 딜러 1명을 또 맞혔다.

—서문엽, 5킬.

갑자기 방향을 돌려 공격한 것은 그야말로 심리의 허를 찌른 동물적 감각이었다.

공격 범위가 넓다는 것은 이렇게나 무서웠다.

이어진 싸움은 참혹한 학살이었다.

단독으로 돌격해 3인조를 육탄전으로 전멸시킨 서문엽은 남은 3명도 가뿐하게 정리해 버렸다.

—서문엽, 10킬, 11킬.

그렇게 2세트는 서문엽의 올킬로 끝났다.

11—0, YSM의 압승이었다.

접속 모듈에서 나왔을 때, 서문엽에게 함성이 쏟아졌다.

"와아아아아!!!"

"서문엽! 서문엽!"

"천하무적 서문엽!"

"올킬! 올킬! 올킬!"

한국 무대에서 벌어진 두 번째 꿈의 올킬 플레이.

공식전만 치면 한국 배틀필드 프로리그 사상 첫 올킬이었다.

서문엽은 쏟아지는 열광에 씨익 웃어 보였다.

"엄청 좋아하네."

"우리나라에서 올킬 나온 건 처음이잖아요! 너무 멋져요!"

이나연이 방방 뛰며 좋아했다.

"양학이 뭐 대수라고."

"그렇게 시원시원하게 양민 학살을 할 수 있는 선수도 여태 껏 없었거든요."

"에잉, 근데 하면 할수록 미안해지네. 애들 싸움에 낀 것 같잖아. 쟤들 멘탈 완전히 나갔던데?"

서문엽이 더그아웃에 들어와 투덜거렸다.

관중들은 대부분 서문엽을 보러 왔기 때문에 그저 좋아할 뿐이지만, 인천 BC 입장에서는 비참한 경기였다.

아무런 상대도 안 된다는 것이 2세트에서 밝혀진 셈이었다.

인천 BC는 1세트의 장거리 투창은 그저 유희였을 뿐임도 알게 되었다. 서문엽은 굳이 그러지 않아도 완승을 거둘 역량이 있었다.

"그럼 3세트는 빠지시겠습니까?"

가브리엘 감독이 물었다.

"그럴까?"

"예, 이미 상대 팀은 의욕이 사라진 것 같으니, 그동안 출전 못 했던 선수들 위주로 기용해 실전 경험을 쌓게 하겠습니다."

"그래라. 연속으로 지면 5세트는 나가줄게."

"그럴 일은 없습니다."

서문엽은 선수 대기실에서 무장을 해제하고 가벼운 유니폼 차림으로 더그아웃에 앉았다.

보란 듯이 무장을 해제한 모습을 보이니, 반대편 인천 BC의 더그아웃 쪽에서도 이를 알아차렸다.

그들로서는 YSM이 여유를 부린다고 기분 나빠할 겨를도 없었다.

서문엽이라는 존재 자체가 말이 안 됐기 때문이다.

오히려 빠져줘서 고맙다고 서문엽에게 인사하고픈 심정이었다.

하지만 3세트, YSM은 후보 선수 위주로 구성된 1.5군으로 싸워서 멋지게 4—0 승리를 거두었다.

1세트, 9—0.

2세트, 11—0.

3세트, 4—0.

3세트는 그나마 인간적인 경기였다. 서문엽이 빠지고 인간들끼리 치른 경기였으니까.

하지만 YSM의 강력한 조직력이 거둔 승리였기 때문에 인천 BC는 더욱 패배감을 느껴야 했다. 1, 2세트는 그냥 어쩔 수 없는 천재지변이었다 해도, 3세트는 변명의 여지가 없는 팀 역량의 패배였다.

1, 2세트 MVP는 단연 서문엽.

3세트 MVP는 탱커임에도 근접 딜러 시절의 경험을 살려 3킬 3어시 활약을 떨친 최혁이었다.

MVP 인터뷰에서 서문엽은 질문을 거의 독점하였다.

"오늘 본인의 경기력을 어떻게 평가하십니까?"

"존나 좋았죠."

서문엽의 말에 관중석에서 웃음이 터져 나왔다.

"실력 발휘는 다 하지 못했지만 보여주고 싶었던 것은 다 보여줬다고 생각합니다. 인천 BC에게는 미안한 생각도 듭니다. 애들 싸움에 어른이 껴서 좀 주책 같다는 자괴감이 들었고요."

"호호, 그래서 3세트에 안 나오셨군요?"

"네."

"다음 2차전 상대는 SP인데요, 어떻게 예상하시나요?"

"그럼 SP 팀에게 한마디 해볼까요?"

"네!"

서문엽은 씨익 웃으며 말했다.

"미안하지만 너희도 딱히 다를 건 없는 거 알지?"

*   *   *

KB-2 리그 2위 팀 SP와의 2차전도 결과는 비슷했다.

SP는 탱커를 4명이나 출전시키고 6-5 전술을 사용했다.

서문엽의 견제로부터 각개격파당하지 않기 위한 대책이었다.

부질없는 노력이었다.

―또 시작됩니다! 서문엽의 장거리 투창!

조승호 일행이 적을 관찰할 수 있는 위치까지 접근해서 시야 전달을 해주었고, 서문엽은 창을 던졌다.

서문엽은 창 8자루를 로테이션으로 던지며 시종일관 목숨을 위협하고 사냥감을 스틸했다.

가뜩이나 탱커가 많아서 사냥이 느렸던 SP는 그 때문에 더욱 성장이 정체되었다.

거의 폭망 수준으로 성장이 망한 SP는 YSM의 총공세에 폭삭 무너졌다.

1세트, 3킬 7어시.

2세트, 8킬 2어시.

2세트의 경우 시종일관 투창으로 적을 괴롭힌 서문엽이 조승호로부터 소진한 오러를 보충받고서 직접 한 타 싸움을 벌여 대학살을 벌였다.

3세트부터는 서문엽이 빠지고 후보 선수들이 대거 올라갔는데, 3세트는 근소하게 패배했지만 4세트에서 압승을 거뒀다.

후보 선수들이라고 하지만 가브리엘 감독의 지도하에 철저히 전술 훈련이 되어 있던 이들이라 유기적인 조직력을 자랑했다.

어차피 5세트까지 갔다면 서문엽이 다시 등판해서 마무리지었을 테지만, 그렇게 SP의 승격의 꿈은 박살 났다.

〈2부 리그의 황소개구리 서문엽〉

〈서문엽 4연속 MVP〉

〈마침내 공개된 서문엽의 저력, 전 세계가 놀랐다〉

언론들의 축제였다.

역시나 서문엽은 기대를 배신하지 않고 뜨거운 기삿거리를 주었다.

그와 더불어 파리 뤼미에르 BC에서 서문엽에게 대대적인 러브콜을 보내기 시작했다.

〈파리 뤼미에르 BC, '돈은 준비됐다, 서문엽 꼭 영입할 것'〉
〈모로 형제, '서문엽 다른 팀 간다는 것 상상할 수 없어'〉
〈파리 뤼미에르의 고핀 감독, '서문엽은 완전무결한 선수'〉
〈'황태자' 나단 베르나흐, '서문엽과 호흡 맞추고파'〉
〈'이탈리아 수호신' 치치 루카스, '서문엽, 마음 잘 맞는 친구'〉
〈백하연, '아버지가 그랬듯 삼촌과 함께 싸우고 싶다'〉

모로 형제, 고핀 감독, 나단 베르나흐와 치치 루카스, 거기에 백하연까지.

서문엽에게 러브콜을 보내는 데 거의 모두를 총동원했다고 봐야 했다.

이제 곧 후반기 시즌이 종료되고 겨울 이적 시장이 열리므로, 파리 뤼미에르 BC가 언론 플레이를 대대적으로 시작한 것이다.

그러한 파리 뤼미에르 BC의 태도에 세계 최강을 다투는 다른 팀들도 당황했다.

서문엽이 너무 강한 게 문제였다. 상상 이상이었다.

피지컬이든 정신력이든 오러든 최고 수준일 거라고는 진즉부터 예상했지만, 대인전에 취약할 것이라는 단점도 있을 거라고 생각했다.

최고가 될 자질은 있지만 훈련과 실전 경험이 더 필요함.

그것이 상식적으로 타당한 추측이었다.

그런데 서문엽의 경기력이 선보여지자 모든 추측들이 어긋나 버렸다.

서문엽은 사람도 아주 잘 잡았다.

노련한 사냥꾼처럼 상대의 심리를 잘 알고 허를 찔렀다.

초장거리에서 행한 창던지기는 또 어떠한가?

그 자체로 전술이었다.

"이건 매물이 너무 큰데."

YSM 대 SP의 경기를 본 엠레 카사 감독이 탄식했다.

전 7영웅 멤버.

터키의 국민 영웅.

베를린 블리츠 BC의 감독.

올해의 감독상 수상자.

세계 최고 명문 클럽 중 하나인 베를린 블리츠 BC를 이끄는 사령탑으로서 명성을 떨치는 그는 TV를 보며 고뇌했다.

그는 7영웅 시절 서문엽의 지시를 충실히 이행하던 동료였다.

그리고 지금은 권위적인 감독이다.

베를린 블리츠 BC의 대주주 중 한 사람이기도 해서 구단 내에 그의 입지는 절대적이었다.

현재 베를린 블리츠 BC는 전 세계 선수들이 가장 가고 싶어 하는 꿈의 클럽 중 하나였다.

당연히 손꼽히는 스타들만이 입단했고, 그런 스타 군단을 지휘하기 위해서는 강력한 권위가 필요했다.

엠레 카사 감독은 그런 자신의 권위를 위협할 수 있는 서문엽을 팀에 들이기가 싫었다.

그런데 저 실력을 보라.

던전 괴물 사냥하듯 상대 팀 초인들을 잡아버리는 활약이라니.

단지 강한 것만이 아니었다.

상대 팀이 어떤 대응을 하듯 손바닥 안을 들여다보듯이 훤히 꿰뚫어보고 있었다.

단 한 번도 당황한 모습 없이 자연스럽게 적을 죽여 나간다.

낭비되는 동선도 없었다.

완벽한 숙련도.

던전에서 봤던 그 모습 그대로였다.

─서문엽 선수, 대인전 훈련을 따로 받으신 적이 없는데 어떻게 그런 활약을 할 수 있으신 건가요?

MVP 인터뷰에서 때마침 가장 묻고 싶었던 질문을 한다.

서문엽은 태연히 말했다.

―지저인보다 사람이 훨씬 잡기 쉽습니다.

번역된 자막을 보며 엠레 카사는 탄식했다.

"역시나 서문엽은 서문엽이구나. 상대가 누구냐가 중요한
게 아니었어."

엠레 카사도 저 말에 공감했다.

지저 전쟁을 경험했던 나이 든 초인 중에서도 고위 등급의
지저인을 상대해 본 이는 매우 드물었다.

왜냐하면 고위 등급의 지저인이 있는 던전은 대부분 공략
불가로 판정되었기 때문이다.

검은색, 흰색 오러를 지닌 최상위 지저인들을 사냥한 사람
은 바로 서문엽이었다.

그 정도로 지위가 높은 지저인은 확실히 요즘의 월드 클래
스 배틀필드 선수보다도 상대하기 어려웠다.

엠레 카사 감독도 7영웅 시절에 함께 싸웠기에 이를 알았
다.

'이러면 그를 영입할 수밖에 없나.'

저 정도 선수를 다른 팀에 빼앗길 수는 없었다.

특히 파리나 뉴욕에 보내서는 안 된다.

그러면 다음 해 월드 챔피언스 리그에서 우승컵을 거머쥘

수 없었다.

올해 10월에 월드 챔피언스 리그에서 우승하는 데 성공하여서 2021년 올해의 감독상 수상이 역력한 엠레 카사 감독이었다.

하지만 그 전에 5월에 치른 유로 챔피언스 리그 결승전에서 파리 뤼미에르 BC에게 패배한 것이 옥에 티였다.

같은 톱3인 베를린 블리츠와 파리 뤼미에르는 같은 유럽이기도 해서 치열한 라이벌 구도를 성립하고 있었다.

스타성이 뛰어난 선수들을 긁어모으는 파리 뤼미에르 BC.

스타성보다는 실력과 팀에 대한 기여도를 중시하는 엠레 카사 감독의 베를린 블리츠 BC.

성향도 다르고 실력은 백중세인 이 두 팀은 유로 챔피언스 리그와 월드 챔피언스 리그에서 매년 맞붙었다.

요즘은 뉴욕 베어스와 LA 워리어스가 있는 메이저리그도 점점 경쟁력이 강해지고 있어서 우승컵 쟁탈전이 더욱 힘이 부치는 즈음이었다.

하필 이럴 때 서문엽이라는 초대형 매물이 나타난 것이다.

'빼앗기면 큰일 난다. 하지만 우리 팀 성향에 맞는 선수도 아니다.'

엠레 카사는 짧은 시간이지만 7영웅 시절에 서문엽을 충분히 경험했다.

자유로운 사람이었다.

평소 성격도 아나키즘적인 성향이 보이는데, 던전에서도 창의적인 방식으로 공략 불가 던전들을 속속히 함락시켰다.

융통성 없지만 숨 막힐 듯이 철저하고 빈틈없는 엠레 카사 감독의 성향과 맞지 않았다.

하지만…….

'오히려 파리와 어울리지. 그래서 더더욱 파리로 보낼 수는 없어.'

엠레 카사 감독은 하루 종일 고민했다.

그리고 결론을 내렸다.

갖고 싶지 않다.

하지만 빼앗길 바에는 가지겠다!

'혼자 프리 롤로 풀어버려도 알아서 플레이를 잘할 사람이니까.'

나머지 10명이 엠레 카사 감독의 스타일대로 칼같이 움직인다면, 나머지 1명쯤 멋대로 행동하게 놔둬도 될 거라고 생각했다.

서문엽이 멋대로 움직인다 해도 팀에 저해될 행동을 할 사람은 아닐 거라는 확신도 있었다.

그의 전투 능력보다 전술 능력을 더욱 인정하는 엠레 카사 감독이었다.

서문엽이라면 자유롭게 움직이는 것 같아도 팀의 전술에 도움이 되는 플레이를 해줄 거라고 믿었다.

'물론 내 개인적으로는 조금 불편한 상황도 벌어지겠지만……'

엠레 카사 감독은 무뚝뚝하고 필요한 말과 행동만 하는 스타일이라 존경하는 사람은 많아도 개인적으로 친하게 다가오는 사람은 별로 없었다.

그런데 그런 그를 7영웅 시절에 곧잘 괴롭힌 사람이 바로 서문엽이었다.

말장난을 걸며 신경을 건드리던 서문엽이 떠올라서 엠레 카사 감독은 그만 한숨을 쉬었다.

'참아야지. 참을 수 있다. 최고일 수 있다면.'

권위를 중시 여기지만 자신의 권위에 기대어 자아도취 하는 스타일은 아니었다.

어디까지나 목표는 팀을 최고의 자리로 올려놓는 것.

결심을 굳힌 엠레 카사 감독은 다음 날 구단주를 찾아갔다.

"오, 얼굴 보기 참 힘들군. 이게 얼마 만인가?"

구단주 존 베르만은 엠레 카사 감독을 친구처럼 반갑게 맞이했다. 구단주와 감독인 두 사람은 관계가 매우 좋은 편이었다.

존 베르만 구단주는 자신의 사업체 중 하나인 클럽을 키워주는 감독이 좋았고, 엠레 카사 감독도 자신에게 절대적 권한을 주는 구단주가 좋았다.

"선수 영입 때문에 찾아왔습니다."

"그런 얘기는 단장한테 해도 되는데, 날 직접 찾아온 걸 보니 어지간히도 큰 빅 사이닝인가 보군?"

빅 사이닝(Big Signing)은 거물급 선수들의 이적을 뜻했다.

존 베르만 구단주는 대강 짐작하면서도 모른 척하는 듯했다.

엠레 카사 감독은 단호히 말했다.

"서문엽입니다."

"음……."

존 베르만 구단주는 표정이 좋지 않았다.

"반드시 서문엽을 영입해야 합니다."

"이보게, 서문은 자네의 성향과 어울리지 않잖아?"

"예, 그는 자신보다 위에 있는 권위를 싫어하고 제멋대로죠."

"내 말이 그걸세. 서문을 영입하지 않아도 우리는 챔피언일세."

"그가 다른 팀에 가면 지금보다 훨씬 힘들어질 겁니다. 특히나 파리로 가버리면요."

"서문이 대단한 건 나도 알고 있네. 인류를 구한 영웅 아닌가? 그런데 배틀필드 선수로서의 역량은 아직 검증된 게 아닐 거라고 생각하네. 오히려 구세주 타이틀을 달고 있어서 몸값만 더 비쌀 뿐이야."

가격 대비 효율에서 서문엽에 대해 부정적인 존 베르만 구단주.

지금도 잘해왔는데 왜 굳이 어마어마한 이적료가 소모될 게 뻔한 서문엽을 영입해야 하느냐는 의문이었다.

특히 전처럼 소속이 없다면 모를까, 지금은 YSM라는 듣도 보도 못한 팀 소속이었다.

"그가 활약한 상대는 기껏해야 한국 선수들이었네. 이곳 같은 빅 리그에서도 그런 활약을 할 수 있을지는 의문일세."

"빅 리그에 와도 그는 최고일 겁니다. 제가 장담합니다."

엠레 카사 감독이 확언했다.

존 베르만 구단주는 그의 의지가 확고하다는 것을 깨달았다.

결국 한숨을 푹 내쉬고는 물었다.

"얼마?"

"1억 8천만 유로 정도는 각오하셔야 할 겁니다."

"헉!"

헛바람을 집어삼킨 존 베르만 구단주에게 엠레 카사 감독이 이어 말했다.

"파리의 모로 형제가 서문엽에게 미쳐 있기 때문에 더 나갈 수도 있습니다."

"그 문어 형제 놈들하고 돈으로 경쟁해야 한다고? 그건 돈 낭비가 너무 심해!"

"그럴 가치가 있습니다. 영입 못 하면 우린 2인자 확정입니다."

문제는 이 같은 대화가 내로라하는 세계 명문 클럽에서도 반복되고 있다는 사실이었다.

*　　　　*　　　　*

포스트시즌 최종전.

KB-2 리그 1위 팀인 오션 엠파이어와의 우승컵 및 자동 승격이 걸린 경기는 그 중요성에 비해 긴장감이 별로 없었다.

"어휴, 승강전이나 준비해야지."

"승강전에서 박 터지게 싸우게 생겼네."

"SP 애들도 승강전에 목숨 걸었다던데."

"암만 치열해도 승강전이 낫지, 서문엽을 어떻게 이기냐?"

경기장에 모인 오션 엠파이어의 서포터들이 푸념을 늘어놓았다.

1세트, 서문엽이 최단시간 올킬 신기록을 세웠다.

시작하자마자 달려가서 오션 엠파이어 선수들을 죄다 때려 눕힌 것이다.

거의 쥐 잡듯이, 창으로 던져서 잡고 찔러서 잡고 방패로 패서 잡으며 무자비하게 학살을 했다.

"이게 무슨 콜로세움의 검투사들도 아니고, 다들 한 가닥씩 초능력을 가지고 있는데도 어쩜 그렇게 안 통하지?"

"무슨 초능력을 언제 쓸지 다 알고 원천 봉쇄 하는 것 같은데."

"아니, 저 창 던지는 거는 금지시켜야 하는 거 아니냐?!"

"저걸 금지시키면 허용되는 초능력이 없을걸."

오션 엠파이어는 오션그룹의 스포츠 구단으로 본래 1부 리그에 있었으나 지난해에 강등당한 클럽이었다.

한때는 KB-1에서도 우승 경쟁을 한 적이 있어서 재빨리 1부 리그에 복귀해 예전의 모습을 되찾겠다는 의지가 가득했다.

실제로 KB-2에서는 그들의 상대가 되는 팀이 없었기 때문에 복귀는 순조롭나 싶었다.

그런데 뜬금없이 서문엽이 나타난 것이다.

오션 엠파이어의 서포터들도 포스트시즌 1차전을 보고서 허탈감에 빠져 버렸다. 혹시나 했는데 역시나, 서문엽은 도저히 이길 상대가 아니었다.

결국 오션 엠파이어의 서포터들은 해탈한 채 그냥 편안히 지켜보기로 했다.

"됐다. 승격은 승강전에서 하기로 하고, 오늘은 그냥 눈 정화나 하자."

"서문엽 되게 잘 싸우더라."

"미쳤지. 세계 최강이잖아."

"저 정도면 불사 없어도 세계 최강 아니냐?"

승강전은 KB—2 포스트시즌의 2, 3위 팀과 KB—1의 최하위 두 팀이 겨뤄서 최종 승자 1팀을 뽑는 제도였다.

네 팀 모두 사활을 걸기 때문에 우승 경쟁 못잖게 치열했다.

가장 편한 건 포스트시즌에서 우승해서 자동 승격되는 것인데, 서문엽 탓에 글러 버렸다.

YSM은 얄밉게도 2세트부터는 서문엽을 출전시키지 않았다.

대신 포메이션에 변화를 주었다.

최혁을 메인 탱커로 기용한 것.

본래 탱커로서는 초보였던 최혁은 서브 탱커로 활약하며 포지션 적응에 집중하고 있었다.

하지만 후반기 시즌을 치르고서 부쩍 성장했다.

—대상: 최혁(인간)
—근력 85/90
—민첩성 75/75
—속도 71/71
—지구력 70/70
—정신력 77/80
—기술 68/70

—오러 81/82

—리더십 41/43

—전술 45/55

—초능력: 오러 집중, 내구력 강화

—오러 집중(초능력): 오러를 들고 있는 무기에 빠르게 집중시킨다.

—내구력 강화: 오러가 항시 몸을 보호하고 있어 외부 충격에 쉽게 다치지 않는다.

집중적으로 단련한 근력이 85로 폭풍 성장하며 노정환의 82를 능가했다.

지구력은 더는 성장하지 않지만 본래 근접 딜러였던 만큼 민첩성과 속도가 월등했다.

무엇보다도 모든 것의 근간이 되는 오러양이 많은 편이라 유리했다.

뿐만 아니라 오러 집중 초능력으로 그 오러양을 120% 활용 가능한 재원!

이만하면 국가 대표로 뽑혀도 되는 역량이었다.

그래서 서문엽이 추천을 하였고, 가브리엘 감독도 일리 있다고 여겨 포메이션 변경을 추진한 것이다.

최전방 메인 탱커로 최혁.

주장 노정환은 서브 탱커로 한발 물러나 오더에 집중하기로 했다.

이것이 노정환의 재능을 더 살릴 수 있는 길이기도 했다.

—대상: 노정환(인간)

—근력 82/87

—민첩성 65/65

—속도 65/69

—지구력 72/85

—정신력 80/83

—기술 67/76

—오러 70/70

—리더십 84/91

—전술 69/72

—초능력: 육체 강화

노정환도 그동안 부쩍 성장했다.

가장 괄목한 성과는 처음 봤을 때 60이었던 지구력이 72까지 올라간 것이다.

앞으로 남은 한계치인 85까지 다 키우면, 지구력이 70/70밖에 안 되는 최혁을 대신해 커버 플레이를 해줄 수도 있었다.

전체적으로 봤을 때, 탱커로서는 KB—1에서도 주전으로 활약하기에 충분한 수준.

그런데 노정환의 진짜 재능은 바로 주장으로서의 역량이었다.

그간 클럽을 이끌어왔던 주장답게 리더십이 84/91로 매우 높았고, 전술 역량도 69/72 정도면 평균 이상이었다.

가장 전방에 있는 것보다는 한발 물러나 모두를 아우르는 것이 팀워크에 더 도움이 될 거라고 판단했다.

이러한 YSM의 계획은 2세트에서 성공적으로 실현되었다.

힘세고 맷집도 센 최혁은 최전방에서 공격을 잘 막아내고 딜러였던 경험을 살려 반격도 잘했다.

뒤로 물러난 노정환은 그만큼 시야도 더 넓어져서 이리저리 잘 뛰어다니며 디펜스의 공백을 메웠다. 지구력을 갈고닦은 덕에 가능해진 플레이였지, 예전 같았으면 금방 퍼져 버렸을 터였다.

"오, 꽤 좋은데? 안 그래?"

경기를 지켜보던 서문엽의 말에 가브리엘 감독도 만족스레 고개를 끄덕였다.

"두 사람의 장점이 모두 살아났습니다. 최혁은 서브 탱커로 뒤처져 있을 땐 방어를 할지 공격을 할지 양자택일을 하는 습관이 있었는데, 최전방에 두니 둘을 동시에 펼치게 되었군요."

"전직 딜러여서 그래. 애매한 위치에 두면 옛날 버릇 나타나서 혼란스러워지니까 그냥 앞에서 박 터지게 싸우게 둬야 한다니까."

표현은 단순해 보여도 맞는 말이라 가브리엘 감독은 이에 동의했다.

그는 서문엽의 의견이 더욱 궁금해졌다.

"노정환은 어떻게 생각하십니까?"

"걔는 약체 팀에 너무 오래 있어서 일단 버티고 보자는 약 팀 근성이 있지. 그래서 최전방에서 두드려 맞다 보면 그때 근성이 살아나서 여유가 없어져. 시야가 좁아지지."

"음, 그것도 맞는 말씀 같습니다."

"그럼, 내 말은 틀린 법이 없어."

"그러고 보니 오더라면 조승호도 꽤 잘하더군요. 전술적 이해력이 상당합니다. 이것도 구단주님께서 말씀하신 대로인데, 대체 어떻게 재능을 알아보신 겁니까?"

"내가 전쟁 시대 땐 말이지, 던전 공략 할 때마다 그때그때 동료를 모집했어. 고정 멤버는 제호밖에 없었지."

"신뢰할 수 있는 고정 멤버끼리만 다니는 게 일반적이었다고 알고 있습니다."

"계속 함께하려면 배려해야 할 부분도 있는데, 귀찮아. 시간도 서로 맞아야 하는데 난 그냥 내가 부르면 바로 튀어오는 애들이 좋고."

또 워낙 초인들이 많이 죽어나가던 시대인 탓도 있었다.

"아무튼 그렇게 계속 인간 군상을 보다 보니까 보는 눈이 생긴 거지."

정확히는 그 눈이 바로 분석안이다.

어쨌든 그렇게 분석안이 생긴 건 사실이었다.

"대단하시군요."

"뭘, 감독도 경험 쌓이다 보면 이 정도는 될 거야."

"노력하겠습니다. 아무튼 조승호의 전술적 역량이 올라오면, 그때부터는 메인 오더도 조승호로 옮길까 생각됩니다."

"사냥과 한 타는 노정환, 특별 전술은 조승호, 그렇게 이원화하면 되겠지."

전쟁 시절과 달리 안전보다 빠른 사냥이 목적이기 때문에 인원을 나누는 일이 많았다. 그러므로 오더 체계가 이원화되어도 혼란이 없었다.

그때, 조용히 대화를 듣던 최동준 수석 코치가 조심스럽게 끼어들었다.

"저기, 저도 궁금한 게 하나 있는데요."

"또 뭔데?"

가브리엘 감독을 대할 때와 말의 온도 차가 너무 났다.

최동준 수석 코치는 잠시 서러움을 느꼈으나 워낙 익숙해진 탓에 그러려니 하고 넘겼다.

"벌써 여기저기서 이적 문의가 오고 있는데요."

"아무도 안 팔아. KB-1에서도 실적을 올려야 몸값이 올라가지."

"아니, 그게 아니라 문의 대상이 구단주님이십니다."

"나?"

"들리는 소문에는 웬만한 명문 클럽들은 다들 구단주님을 영입하겠다고 이적료를 최소 1,000억 원 이상은 준비했다던데요?"

"호오, 최소 1,000억이라."

이적료는 선수가 아니라 팀이 갖는다.

근데 YSM은 100% 서문엽의 소유였다.

세금도 안 내므로 YSM의 재산은 곧 서문엽의 재산이었다.

"파리로 가십시오. 모로 형제가 돈을 넉넉히 줄 겁니다."

가브리엘 감독은 파리 뤼미에르 BC를 권했다. 전 소속 팀에 대한 애정은 여전한 모양이었다.

"흐음, 그냥 여기서 가끔 경기 뛰며 우리 팀을 최고로 만들면 안 되나?"

"최고라고 해봐야 아시아 최고고, 그 정도는 구단주님의 도움 없어도 이룰 수 있습니다."

"그 뭐시냐, 월드 챔스? 거기서 우승하면 최고 되는 거 아냐."

"못 이깁니다."

가브리엘 감독이 고개를 휘휘 저었다.

"혼자 올킬 쇼를 하는 것도 한국 수준까지입니다. 세계 레벨에선 구단주님이 아무리 대단하셔도 혼자서는 안 되죠."

"그러니까 선수도 좀 영입하고……."

"그만한 레벨의 선수들이 한국에 오려 하지 않습니다."

"끄응, 그럼 뭐 한국을 배틀필드 강국으로 만들어야 비로소 온다 이거야?"

서문엽은 짜증이 치밀었다.

이놈의 나라는 자신이 없는 사이에 왜 이렇게 바닥이 됐나 싶었다.

"리그 수준, 대우 조건, 주거 시설 등 걸리는 게 한두 가지가 아니죠. 이런 곳에 와서는 성장할 수가 없다고 판단하므로 전 세계의 유망주들은 한국에 오지 않습니다."

가브리엘 감독이 말을 이었다.

"그런데 구단주님을 팔아서 막대한 이적료를 손에 넣는다면, 리그의 수준은 몰라도 대우나 시설은 만족할 수준으로 만들 수 있지 않겠습니까."

"음……."

서문엽은 잠시 고민을 했다.

역시 재테크로 아무리 머리를 굴려도, 직접 노동해서 돈 버느니만 못했다.

"당장 결정할 문제는 아닌 것 같다."

"예, 천천히 생각해 보시죠."

2세트도 승리를 거둔 YSM은 3세트에서 서문엽에게 당한 여파로부터 멘탈을 수습한 오션 엠파이어의 반격에 당해 패배했다.

오션 엠파이어는 KB—1 수준의 팀이었기 때문에 YSM이 상위 리그에서도 통할지 알아볼 수 있는 좋은 시험 상대였다.

가브리엘 감독은 경기를 통해서 KB—1로 데려갈 선수와 이적시킬 선수를 구분했다.

4세트, YSM은 이나연과 윤범의 활약으로 초반부터 압박하며 우세를 가져갔다.

특히나 조승호가 스스로를 미끼로 내걸고 적을 유인하여서 2킬을 내는 쾌거도 거두었다.

오션 엠파이어는 수적으로 불리해지자 장기전을 택하며 성장에 집중했다.

이나연이 계속 쫓아 붙으며 사냥을 방해했지만, 윤범은 암습을 시도했다가 반격당해 데스를 당했다.

중반부터 오션 엠파이어가 대대적인 반격을 개시하며 삽시간에 역전을 이뤄냈다.

결국 오션 엠파이어가 승리를 거두며 2—2 동점을 만들었다.

유리했던 게임을 역전당하자 선수들은 고개를 푹 숙이며 들어왔다.

하지만 서문엽은 납득할 만했다.

'원래 실력도 쟤들이 월등한데 뭘.'

오션 엠파이어의 주전들은 KB—1 출신이었다.

서문엽이 영입한 이나연 등 신인 선수들의 재능도 밀리지 않지만, 아직 성장이 더 필요했다.

　그리고 한정실업 시절부터 있었던 기존 선수들은 실력이 많이 부족했다.

　2세트에서 이긴 게 대단할 정도였다.

　"구단주님, 좀 더 수고해 주셔야겠습니다."

　"그래, 금방 끝내고 오지 뭐."

　결국 5세트에서 서문엽이 다시 출전했다.

　당연하지만 YSM은 2022년 KB—2 프로리그 최종 우승을 달성했다.

　꼴찌 팀을 인수한 지 1년 만에 우승시킨 위업이었다.

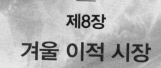

제8장

겨울 이적 시장

후반기 시즌이 종료되고 마침내 겨울 이적 시장이 열렸다.

예상했지만 YSM에 많은 이적 문의가 들어왔다.

최혁.

이나연.

조승호.

남궁지훈.

노정환.

거기에 신인 선수인 윤범과 최정민까지.

서문엽이 콕 집어서 영입하거나 키운 선수들이 다 클럽들이 군침 흘리는 대상이 된 것이다.

하지만 서문엽은 그 누구도 팔 생각이 없었다.

위의 7인은 모두 연봉을 올려주며 재계약을 단행했다.

그들 또한 YSM에 있으면 더 성장할 수 있다는 믿음과 애정이 있었기 때문에 쾌히 재계약했다.

하지만 그 외에는 전부 판매 대상이었다.

KB—2나 KB7 1부 리그 클럽에 판매를 단행하여 4명을 보내는 데 성공했다.

실질적인 실력은 다들 형편없었지만 그래도 서문엽이 분석안으로 보고 단점을 보강하게 했고, 가브리엘 감독의 체계적인 훈련으로 기량을 끌어올렸다.

그래도 여전히 부족한 건 맞지만 가브리엘 감독의 전술 및 조직력 훈련 덕에 원래 실력보다 더 좋은 선수처럼 보였다.

그 덕에 선수들을 곧잘 처분할 수 있었다.

"선수 보강이 시급합니다."

가브리엘 감독이 말했다.

서문엽도 고개를 끄덕였다.

"좋아, 얼마나 필요한데?"

"발이 빠른 서브 탱커가 1명 더 있었으면 좋겠고, 근접 딜러는 많이 필요합니다. 원거리 딜러도 1, 2명 있었으면 좋겠군요. 제대로 원거리 공격과 관련된 초능력이 있는 선수로요."

이나연이나 윤범은 원거리 딜러이긴 하지만, 초능력 자체는 원거리 공격에 특화된 게 아니어서 화력이 별로였다.

국가 대표 원거리 딜러인 심영수처럼 폭발하는 불덩어리를 던진다거나 하는, 순간적인 파괴력이 강한 원거리 딜러가 한 타 싸움에서는 필수였다.

물론 심영수처럼 멘탈이 쓰레기면 안 되지만 말이다.

"좋아, 봐둔 애들이 몇몇 있으니까 샅샅이 뒤져서 꼬셔볼게."

서문엽은 예전과 달리 후반기 시즌 동안에는 배틀필드 경기를 부지런히 봐뒀다.

KB-1, KB-2, KB7 1부, 그밖에도 아시아권이나 동유럽, 남미 등 선수 대우가 별로 좋지 않은 국가 위주로 유망주를 뒤져보았다.

그래야 영입하기가 쉽기 때문이다.

프랑스나 미국 같은 배틀필드 강국은 유망주들이 절대로 한국에 오려 하지 않았다.

중국도 자국 리그가 폐쇄적인 편이라 그렇지 실력 자체는 강국에 포함되며 연봉도 셌다.

일본이나 아랍권은 실력에 비해 연봉이 세서 데려오기가 힘들었다.

가장 좋은 것은 역시 대한민국에서 유망주를 찾는 것이었다.

이제 YSM도 당당한 KB-1 클럽이었다.

더 이상 하위 리그의 약체가 아니라서 유망주를 데려올 여건이 있었다.

문제는 이미 웬만한 유망주는 다 기존의 KB-1 클럽들이 선점해서 자기들의 유소년 팀에서 키우는 중이라는 것.

YSM은 아직 유소년을 키울 여건까지는 되지 않았다.

'씨발 몰라, 그냥 내가 분석안으로 때워야지. 뭘 복잡하게 유소년 팀이야.'

안목이 좋은 지도자가 없으면 유소년을 키우는 일도 그냥 돈을 꼬라박는 짓이었다.

서문엽은 그냥 하던 대로 분석안으로 잘될 선수를 딱 집어내는 게 좋았다.

일단 봐둔 명단이 있었기 때문에 서문엽은 직접 바이크를 타고 출발했다.

물론 최동준 수석 코치나 몇 안 되는 스카우터들이 추천하는 선수도 직접 볼 생각이었다.

헬멧도 없이 바이크를 타고 고속도로에 당당히 진입한 서문엽은 경상남도까지 질주했다.

경상남도 진주시에 도착한 서문엽은 봉원고등학교에 도착했다.

진주시에서 유소년 리그에서 참가하는 배틀필드 팀이 있는 유일한 학교였다.

겨울 방학 기간이라서 학교는 한산했다.

방학이 아니었으면 당장에 학생들이 개떼처럼 모여들어 사인해 달라, 사진 찍어달라 설쳤을 터였다.

"어이쿠, 서문엽 씨! 어서 오십시오!"

얼마 전에 통화했던 나이 든 감독이 나와 반겨 맞았다.

초인임에도 저렇게 나이 들어 보이는 걸 보면 실제 나이는 무척 많을 터.

상당히 옛날부터 지저 전쟁에 참여했던 초인 출신이 분명했다.

"선수들 좀 볼 수 있을까요?"

"예, 물론입니다. 이쪽으로 오십쇼."

감독과 함께 훈련실로 들어서며 서문엽이 물었다.

"김형태라는 애는 있나요?"

"아, 형태……."

나이 든 감독의 얼굴에 안타까움이 어렸다.

"왜요?"

"그게, 형태는 얼마 전에 쌍성 스피리츠와 계약했습니다. 이를 어쩌죠?"

"뭐, 그럼 어쩔 수 없죠."

서문엽은 별일 아니라는 듯 어깨를 으쓱해 보였다.

김형태는 봉원고등학교의 주전 탱커였다.

KB-1의 주전 선수가 될 정도의 재능을 가졌고, 현재 능력도 로테이션 멤버로 기용 가능했다.

탱커 1명이 필요하다는 가브리엘 감독의 주문이 있었기 때문에 점찍었지만, 솔직히 큰 기대는 안 했다.

'다른 데서 데려갈 줄 알았다.'

그렇게 크게 탐나던 녀석도 아니어서 미련 없었다.

온 김에 선수들을 쭉 둘러보았다.

체력 단련을 하고 있던 선수들은 서문엽을 흘깃흘깃 쳐다봤다. 신경 쓰이는 게 당연했다.

인류를 구한 영웅이자 구단주였다.

선수를 골랐다 하면 대박을 터뜨리는 미다스의 손으로도 알려져서 자신도 좀 뽑아줬으면 하는 설렘이 들 수밖에 없었다.

선수들은 갑자기 더 열심히 체력 단련에 매진했다.

하지만 서문엽은 이미 분석안으로 모두 훑어본 뒤였다. 쓸만한 선수는 없었다.

"이대영이라는 근접 딜러도 있지 않았던가요?"

서문엽의 물음에 감독은 그 선수는 어떻게 알았냐는 듯 눈이 휘둥그레졌다.

"대영이도 눈여겨보셨습니까?"

"예."

"이를 어쩌지. 그 애는 은퇴했습니다."

"엥?"

고등학생 놈이 은퇴는 무슨 은퇴란 말인가?

이상해하는 서문엽에게 감독이 한숨을 쉬었다.

"하기 싫대요."

"그럼 공부한대요?"

"아뇨, 공부는 더 싫어합니다."

감독이 푸념 어린 목소리로 말을 이었다.

"아버지가 건물주입니다."

"아……."

비로소 납득이 됐다.

그냥 세상 편하게 살고 싶은 놈이었다.

배틀필드는 그냥 멋져 보여서 잠깐 했던 것이리라.

"열심히 했으면 그래도 KB7 1부까지는 갔을 텐데, 에휴."

감독이 한숨을 푹푹 쉬었다.

사실 서문엽이 보기에는 KB-1까지도 충분히 갈 수 있는 놈이었다. 그래서 영입하려고 여기까지 온 것이고.

겸사겸사 다른 선수들도 쭉 훑어봤지만, 자질 있는 유망주는 안 보였다.

"그럼 뭐, 이제 건질 게 없네요. 잘 봤습니다."

서문엽은 더 볼 선수가 없다고 직설적으로 말하고는 등을 돌렸다.

"서문엽 씨, 잠시만!"

감독이 급히 서문엽을 불러 세웠다.

"왜요?"

"제가 한 녀석을 추천하고 싶은데 한 번 봐주실 수 있겠습니까?"

"여기 없는 애예요?"

"예, 박영민이라는 앤데 작년에 졸업하고 이제 스무 살 됐습니다."

"그럼 이미 다른 팀 소속이겠네요."

"아뇨, 배틀필드를 관두고 방황을 하고 있는데 참 안타까워서……."

"방황?"

"그냥 질 나쁜 사람들과 어울려 놀고 있답니다."

"쓰레기 재활용은 취미가 없는데."

"재능은 확실히 있는 앱니다! 그러니까 서문엽 씨가 좀……."

"무슨 생각이신지 알겠네."

서문엽은 나이 든 감독의 눈을 빤히 마주 보았다.

가까이서 눈이 빤히 마주치자 감독은 당황했다.

"내가 찾아가서 쥐어 패서라도 끌고 갔으면 좋겠다는 생각이시지? 내가 하면 반쯤 죽여놔도 처벌 안 받으니까."

감독은 고개를 끄덕였다.

"맞습니다. 저도 왕년에 산전수전 다 겪은 몸이고, 그런 녀석도 많이 봤습니다. 느낌이 있잖습니까? 던전에 데려가면 잘할 것 같은 애."

"있죠."

서문엽도 동의했다.

던전 데려가면 잔뜩 겁먹고 트롤 짓을 할 놈인지, 의외로 제 역할 잘할 놈인지는 오랜 경험을 통해 감이 왔다.

"걔가 그렇습니다. 애가 가정사가 복잡하고 그래서 좀 방황하는데 자질은 확실하게 있어요. 제가 장담합니다."

"음, 좀 귀찮은데……."

그렇게 투덜거린 서문엽은 돌연 감독을 노려보며 말했다.

"정말 자신 있게 자질 있다고 말할 수 있어요? 막상 봐서 재능이 없다 싶으면 팔다리 분질러서 길거리 한복판에 버려놓고 갈 건데."

그 말에 감독은 움찔했다.

서문엽은 정말 그럴 수 있는 사람이었다.

언론에 알려진 거야 그냥 사고뭉치 수준이지만, 전쟁 시절의 서문엽은 정말 무섭고 잔인한 자였다. 그 시절 던전에서 구르던 초인들끼리 돌던 소문도 있어서 감독은 두려움을 느꼈다.

"예, 제 생각에는 정말 자질이 있습니다."

"포지션은?"

"근접 딜러였습니다."

"오케이, 지금 어디 있어요?"

"애들이 알 텐데 한번 물어보겠습니다."

감독은 선수들에게 물어보러 들어갔다가 잠시 후 다시 나와서 알려줬다.

"이 근처 PC방 단골이라더군요."

감독은 서문엽에게 PC방 주소를 일러주었다.

"재능 없으면 내일 신문 1면에 나올 각오하쇼."

"저, 정말 보장합니다."

감독의 목소리는 점점 떨렸다.

알려준 PC방으로 달려간 서문엽은 곧장 분석안으로 쭉 훑어보았다.

금방 찾을 수 있었다.

―대상: 박영민(인간)

―근력 70/84

―민첩성 63/85

―속도 60/81

―지구력 54/70

―정신력 46/62

―기술 55/81

―오러 70/76

―리더십 12/32

―전술 39/54

―초능력: 화염검

—화염검: 검에 충돌 시 작은 폭발을 일으키는 불꽃을 입힌다.

"오!"

서문엽이 감탄했다.

물론 천하의 서문엽이 감탄할 정도의 자질은 아니다.

하지만 한국에서는 보기 어려운 재능의 소유자였다.

'근력, 민첩성, 속도, 기술이 전부 80대네.'

저만한 자질을 가졌는데 현재 능력치가 저것밖에 안 되는 건 본인의 노력 부족이었다.

그 덕에 다른 클럽들의 눈을 피해 이렇게 서문엽의 타깃에 들어왔지만 말이다.

'정신력이 별로이긴 한데 아주 못 써먹을 수준은 아니니까.'

잘 키우면 국가 대표도 능히 할 수 있는 재목.

반드시 데려가기로 한 서문엽은 성큼성큼 박영민에게 다가 갔다.

머리를 노랗게 염색한 박영민은 똑같이 할 일이 없어 보이 는 친구들과 게임을 즐기고 있었다.

흡연석이 바로 근처에 있는데도 제자리에서 담배를 뻑뻑 피 우며 재를 음료수 빈 캔에 털고 있었다.

여자 아르바이트생이나 다른 손님들은 무서워서 문제 제기 를 못 하고 눈치만 봤다.

알아주는 양아치들인 모양이었다. 하기야 초인이 양아치 짓을 하면 경찰도 진땀을 뺀다.

"어? 서, 서문엽이다!"

박영민의 친구 하나가 서문엽을 발견하고는 놀라서 소리쳤다.

서문엽은 그 친구의 뒤통수를 후려쳤다.

빽!

"컥!"

"왜 반말이야, 개새야."

뒤통수를 맞은 친구는 키보드에 머리를 처박고 기절했다.

"씨, 씨발, 뭐야!"

박영민과 친구들이 벌떡 일어나 소리쳤다.

"뭐라고? 씨발?"

"아, 아뇨."

저도 모르게 욕을 한 친구가 급격히 눈을 깔았다.

서문엽은 그 친구가 피우고 있던 담배를 뺏어 목에 짓이겨 주었다.

"아악!!"

"왜 여기서 흡연이야, 개새들아."

"죄, 죄송합니다!"

다들 급히 담배를 끄고 난리도 아니었다.

서문엽은 서늘한 눈으로 박영민을 쳐다봤다.

박영민은 눈이 딱 마주치니 어찌할 바를 모르고 겁을 먹었다.

"박영민 빼고 다 나가."

정확히 이름을 지목당하자 박영민의 안색이 창백해졌다.

다른 친구들은 다행이다 싶어서 떠나려고 하는데, 문득 서문엽이 말했다.

"야 이 씨발들아. 누가 걸어 나가래?"

"네?"

"그럼······."

"기어서 나가, 벌레들아."

PC방에서 행패를 부리던 양아치들은 결국 엉금엉금 기어서 도망쳐야 했다.

상황이 정리되자 서문엽은 부처처럼 인자한 미소를 지어 보였다.

"영민아, 넌 형하고 얘기 좀 하자."

박영민은 두려움에 질렸다.

*   *   *

"근데 말이다. 왜 흡연실도 아닌데 담배를 피웠니?"

"죄송합니다."

박영민은 바로 사죄했다.

안 그러면 맞을 것 같았기 때문이다.

"죄송할 짓을 했으면 혼이 나야 하겠네?"

"네?"

뻐억!

"끄억!"

머리를 강렬하게 후려 맞은 박영민은 그 충격에 눈알이 빠지는 줄 알았다.

때린 손을 쥐었다 폈다 하며 서문엽은 만족스러워했다.

"타격감이 좋네."

'뭐, 뭐래는 거야!'

박영민은 사시나무처럼 떨었다.

자신이 뭘 해도 상대는 때릴 생각으로 충만해 보였다.

박영민도 어디 가서 누군가에게 겁먹어본 적이 없었다.

하지만 상대가 서문엽이면 얘기가 달랐다.

'서문엽씩이나 되는 사람이 나한텐 무슨 볼일인 거야? 왜 내 이름을 알고 있지?'

서문엽 같은 거물이 왜 자신을 찾아왔을까?

그 의문에 곧 답이·나왔다.

두려움에 질려 있던 박영민의 표정이 변했다.

"감독님 소개받고 오셨죠?"

"어."

"전 싫어요. 배틀필드 안 할 거예요."

특히나 눈앞에 있는 인간과 다시는 상종하고 싶지 않았다.

20년 평생 본 가장 무서운 인간이었다.

"그래, 그러니까 그 부분에 대해서 둘이 진지하게 이야기를 나눠보자. 일단 조용한 곳으로 자리를 옮길까?"

"싫어요. 전 더 할 얘기 없어요."

박영민은 자리에 털썩 앉아 모니터로 고개를 돌렸다.

본인이 안 하겠다는데 별수 있겠느냐는 생각에서였다.

'아까는 실내에서 흡연했다는 명분이 있어서 맞았지만 설마 의사 표현 갖고 때리지는 않겠지. 양아치도 아니고.'

사실 어딜 봐도 양아치였다. 그래도 인류를 구한 영웅의 품격을 믿었다.

예상대로 서문엽은 주먹을 휘두르지 않았다.

침착한 어조로 설득을 할 뿐이었다.

"그래도 여기까지 찾아온 성의가 있는데 시간 좀 내주지 않을래?"

"싫어요. 죄송한데 그냥 돌아가세요."

가라고 손짓을 하는 박영민.

그때였다.

"이 개새끼가 거의 파리 쫓듯이 손짓을 하네. 뒈지고 싶냐?"

박영민이 착각한 게 있었다.

서문엽은 품격 같은 걸 키우지 않았다.

"아, 아니, 그게 아니라."

뻐억!

"크억!"

뒤통수를 강하게 얻어맞은 박영민.

서문엽은 멱살을 틀어쥐고 바짝 끌어당기며 말했다.

"야, 네가 꺼지라면 난 꺼져야 하는 거냐? 꺼져줄까? 앙?!"

"아니, 제가 싫다는데 왜……."

"그러니까 얘기를 좀 하자고!"

퍼억!

"쿠엑!"

명치를 얻어맞고 비틀거리는 박영민.

초인으로 각성한 이래로 가장 아프게 맞아본 날이었다.

저항이라도 해보고 싶은데, 몸이 공포로 굳어 말을 듣지 않았다.

"반항했으면 뒈지게 팼을 텐데 의외로 참을성 있네."

박영민은 말을 듣지 않는 몸에 감사했다.

"자, 가자."

서문엽은 박영민의 멱살을 붙들고 PC방을 나서려고 했다.

그런데 그때였다.

서문엽은 문득 PC방 한쪽 구석 자리에서 자신을 향해 스마트폰 카메라를 향하고 있는 젊은 여자를 발견했다.

인상을 찡그린 서문엽은 그 여자에게 말했다.

"야."

"힉!"

여자는 화들짝 놀라 숨는답시고 자기 자리에 몸을 웅크렸지만, 서문엽은 그쪽으로 성큼성큼 다가갔다.

"지워라. 오빠 안 그래도 피곤한 사람이야."

"저, 저기, 그게요."

빼꼼이 PC방 모니터 너머로 얼굴을 내미는 여자.

탈색한 단발머리에 금방이라도 울 듯한 여린 인상의 귀여운 여자였다.

초인은 아니었고, 이제 갓 20살쯤 되어 보였다.

"이거 동영상 녹화가 아니라요."

"아니면?"

"저 BJ이쁜나리라고 하는데요, 인터넷 방송이에요."

"뭐? 방송?"

"네."

"…지금 생방송으로 나가고 있다는 거야?"

"네, 실시간……."

서문엽은 문득 자신의 손에 멱살이 잡혀 있는 박영민을 빤히 바라보았다.

이게 지금 생방송으로 인터넷에 송출되고 있다고 한다.

"이름이 뭐라고?"

"BJ이쁜나리요."

"지가 지 입으로 예쁘대."

"아, 아니요. 닉네임이에요!"

"여기서 방송은 왜 해?"

"그게……."

이쁜나리라는 BJ는 서문엽과 박영민의 눈치를 보더니 순순히 털어놓았다.

"여기가 양아치 소굴 PC방으로 유명한데요, 여기서 방송하는 미션 받았어요. 이거 하면 별사탕 1만 개예요."

그 말에 박영민은 얼이 빠졌다. 이미 양아치로 널리 알려지게 된 셈이었다.

"여자가 무슨 그런 위험한 방송을 해?"

"헤헤, 요즘은 얼굴만 갖고는 못 먹고살아요."

무서워했던 모습은 다 어디 갔는지 배시시 웃으며 대답하는 BJ이쁜나리.

마치 팀의 이나연을 보는 듯한 천진난만함이었다.

차이점은 눈앞의 이 여자가 좀 맛이 간 듯 보이는 점.

"하아……."

서문엽은 성큼성큼 다가와 BJ이쁜나리의 옆에 앉았다.

그리고 스마트폰 카메라를 쳐다보자 채팅이 실시간으로 폭주하고 있었다.

—ㅋㅋㅋㅋㅋㅋㅋㅋㅋ

—ㅋㅋㅋㅋㅋㅋㅋㅋ

—서문엽 대박이다ㅋㅋㅋ

—오늘 방송 레전드ㅋㅋ

—서문엽 깊은 한숨ㅋㅋㅋ

—와, 진짜 서문엽이다.

—오늘 방송 미쳤다ㅋㅋ

—ㅋㅋㅋㅋㅋㅋ

—서문엽 포스 개쩐다.

—기어서 나가 벌레들아, 희대의 명언 탄생ㅋㅋㅋㅋ

—서문엽 님, 안녕하세요! 언제나 존경합니다!

—사요나라 님께서 별사탕 10,000개를 선물하셨습니다.

—오오오.

—55555

—5555

—우와.

"꺄악! 사요나라 님 별사탕 1만 개 감사합니다."

갑자기 BJ이쁜나리가 방방 뛰며 소리 지르자 서문엽은 흠
칫했다.

서문엽의 반응에 채팅창이 'ㅋㅋㅋ'로 도배되었다.

—ㅋㅋㅋㅋㅋ

—ㅋㅋㅋ

—서문엽 문화 충격ㅋㅋ

—별사탕 리액션 직관.

—ㅋㅋㅋ

"별사탕 1만 개면 얼만데?"

"별사탕 하나에 100원이고 저한테는 수수료 떼고 70원 떨어져요."

"얼마 안 되네."

서문엽에겐 작은 돈일 수밖에 없었다.

그런데 그때부터 별사탕 잔치가 벌어졌다.

시청자들이 별사탕을 마구 쏘기 시작한 것이다.

BJ이쁜나리가 서문엽 앞에서 리액션을 하는 게 웃겨서다.

"꺅! 또 1만 개! 감사합니다! 완전 지렸어요. 완전히 지린 나머지! 제가 새로운 리액션 보여 드릴게요!"

그러더니 엉금엉금 기어 다니는 게 아닌가.

"아이고, 지렸다! 지려서 기어서 나갈 거다!"

박영민의 친구들을 패러디한 리액션.

채팅창은 웃음 폭탄이 떨어졌고, 서문엽도 어느새 낄낄거리며 웃게 되었다.

'확실히 또라이네.'

TV 중독자 서문엽이 인터넷 방송이라는 신세계를 만난 순간이었다.

꿔다 놓은 보릿자루처럼 앉아 있는 박영민만 떫은 표정이었다.

그런데 그때였다.

BJ이쁜나리가 갑자기 전화가 왔는지 주머니에 있던 다른 핸드폰을 꺼내 받았다.

"여보세요?"

이윽고 사색이 된 BJ이쁜나리.

"네? 징계요? 며칠이요? 그렇게 오래요?"

점점 울상이 되는 BJ이쁜나리.

서문엽이 채팅창을 보니 운영자 떴다고 'ㅋㅋ'거리고 있었다.

"운영자?"

그 물음에 수많은 'ㅋㅋㅋ'의 바다 속에서 몇몇이 대답했다.

―네.

―방송에 폭력 노출돼서 운영자한테 징계 먹었나 봐요.

―방송 정지 먹나ㅠㅠ

―전과가 있어서 이번엔 더 길 텐데 걱정이다ㅠㅠㅠㅠ

―영자야, 작작해라.

대강 상황을 파악한 서문엽은 BJ이쁜나리에게 손짓했다.

"폰 갖고 와."

"네?"

"나 바꿔봐."

BJ이쁜나리는 잽싸게 폰을 건넸다.

"운영자야?"

―네, 누구시죠?

젊은 남자 목소리였다.

"나 서문엽인데."

―……!

살짝 기겁하는 소리가 들렸다.

"징계한다고 전화했지?"

―네. 방송이 폭력에 노출되어서…….

"폭력? 그거 나한테 한 소리야?"

―그, 그게…….

"난 교육의 일환으로 손을 썼을 뿐이야. 근데 폭력이라고? 너 그 말에 책임질 수 있어?"

슬슬 억지를 부리기 시작한 서문엽.

하지만 책임이라는 말에 쉽게 응할 수 있는 직장인은 별로 없었다.

"나와 네 소신이 다르다면 어디 한번 책임지고 해봐. 대신 나 바로 너희 회사 가서 너 찾는다. 너 이름 뭐야?"

―…….

"왜 대답이 없어. 너 이름 뭐냐고."

운영자는 떨리는 목소리로 대답했다.

―저, 저기, 잠시만 기다려 주시겠어요?

잠시 후.

―상의 결과 BJ 본인에게 고의성은 없었으므로, 경고 조치로 처리하기로 했습니다.

"응, 그래. 그게 맞지."

서문엽도 양심상 그 정도는 인정했다.

―대신 폭력과 욕설이 나오지 않도록 주의 부탁드립니다.

"응, 알았어."

―저기요, 지금도 멱살 잡고 계시는 거 놔주시고요.

"응? 아."

그제야 서문엽은 아직도 박영민의 멱살을 쥐고 있다는 것을 깨달았다.

"놔줬어. 그럼 수고들 해라."

서문엽은 통화를 종료하고 폰을 BJ이쁜나리에게 건넸다.

"어, 어떻게 됐어요?"

"그냥 경고 처리 한대."

"꺅! 감사합니다! 감사합니다!"

BJ이쁜나리가 굽신굽신 인사를 했고 채팅창도 서문엽에 대한 찬사로 도배되었다.

―대단하다ㅋㅋ

―포스 보소ㅋㅋㅋㅋ

—지렸다.

—전화받은 사람이 나였으면 지렸을 듯.

—운영자 참교육ㅋㅋㅋ

—개쩐다ㅋㅋㅋ

—위압감 뭐야ㅋㅋㅋㅋㅋㅋ

—막말로 사장 부르라 할 기세.

—역시 갑 오브 갑.

서문엽은 그 반응들을 보며 혀를 찼다.

"뭐가 그렇게 웃기냐? 너희도 갑질당하면 기분 안 좋잖아."

본인도 잘못한 것을 알긴 알았다.

"흠흠, 어쨌든 오늘 일은 좀 과했지만 사소한 해프닝으로 여겨주시고, 여기 이 친구와는 좋게 얘기할 테니 오해 없길 바랍니다. 물의를 빚어 죄송하고……"

서문엽은 도끼눈을 뜨며 말을 이었다.

"기자들, 내가 사과한 것까지 안 실으면 다음부터 재미없다. 야, 방송 꺼!"

"넹! 여러분 그럼 있다 뵐게요!"

BJ이쁜나리는 교태를 한껏 부리다가 방송을 종료했다.

"감사합니다! 오늘 덕분에 시청자 5만까지 찍었어요!"

"그렇게 많이 봐?"

"원래 평균 2천 명인데 오늘 완전 대박 나서요!"

"흐음, 그럼 너 언제 우리 클럽하우스에서 방송 안 해볼래?"

홍보에 좋겠다는 생각에 즉흥적으로 내린 결정이었다.

"YSM 클럽하우스요? 완전 좋죠! 저도 배틀필드 좋아해요! YSM 경기 본 적도 있고, 이나연 언니 너무 좋아요!"

"그래그래, 잘됐네. 조만간 한번 놀러와서 선수들 인터뷰도 하고 그래봐."

"네! 언제 갈까요? 내일 당장?!"

좋은 방송 소재 잡았다는 생각에 BJ이쁜나리는 눈이 반짝였다.

"…뭐, 내일모레쯤 와봐."

"네! 그때 뵐게요! 아, 연락처 주세요!"

연락처 줘서 보낸 후, 서문엽은 박영민과 단둘이 되었다.

"야."

"네."

"부모님 뭐 하셔?"

박영민은 불편한 표정이 되었다.

대답하기 싫었지만 안 하면 맞을 것 같았다.

"어머니는 식당에서 일하시고, 아버지는 술 마시고 노름해요."

"어머니가 세 식구 먹여 살리는 거야?"

"할아버지 할머니도 계시는데, 할아버지 연금도 같이 보태서 생활해요."

"넌 뭐 하고 사는데?"

"…그냥 알바 좀 하고 놀아요."

"노가다?"

"네."

몸 튼튼한 초인들은 단기간 용돈벌이로 중노동을 선호했다.

"앞으로 인생 계획은?"

"…딱히 없는데요."

"요약해 보자. 집안은 어렵고 어머니는 고생하시는데, 넌 놀고 있고 앞으로도 계획 없고?"

"……."

"너 뒈질래, 나 따라 선수 할래?"

서문엽의 눈빛에 진득한 살기가 어렸다.

박영민은 두려움에 떨며 간신히 입을 열었다.

"하, 할게요."

다른 선택지가 없었다.

"대신 조건이 있어요."

"조건?"

"아니, 부탁이에요."

"읊어봐."

"저희 아버지 말인데요."

"술 마시고 논다며."

"네, 오늘 저처럼 똑같이 참교육 시켜주세요. 다시는 술 안 드시게요."

아버지에 대해 말하는 박영민의 표정에 애증이 교차하고 있었다.

한동안 말을 잃었던 서문엽은 이윽고 한탄했다.

"내 인생은 폭력이 끊이질 않는구나."

2022년 겨울 이적 시장.

서문엽은 폭력 사태로 스타트를 끊었다.

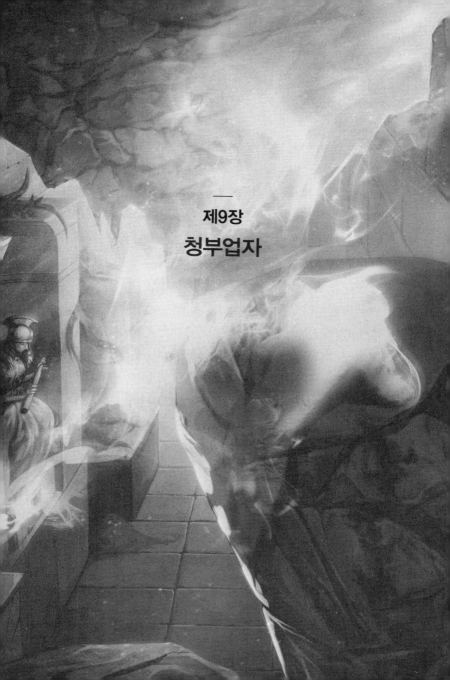

제9장
청부업자

전주시의 어느 당구장.

술이 들어가 얼굴이 벌게진 중년 사내들끼리 담배를 뻑뻑 피우며 내기 당구를 하는 곳에 서문엽이 나타났다.

양손에는 유리병이 잔뜩 든 검은 비닐봉지를 든 채였다.

내기 당구에 정신 팔려 있는 사내들에게로 서문엽은 성큼 성큼 걸어갔다.

"어? 서문엽이다!"

한 사내의 말에 그제야 다들 서문엽을 돌아보았다.

"어, 진짜다!"

"우와! 이게 누구야!"

"오늘도 우리 동네에서 사고 한 건 치셨던데?"

"하하하!"

유쾌하게 웃는 사내들. 서문엽도 사람 좋게 웃어 보였다.

"영민이 아버님이 어떤 분이십니까?"

"어? 전데요?"

유난히 술 냄새가 많이 나는 중년 사내가 말했다.

박영민의 아버지 박주철이었다.

서문엽의 웃음이 더욱 자애로워졌다.

"결혼 후 한 5년쯤 장사하다 접은 뒤로 15년째 술 드시고 노름만 하셨다는 그분 맞아요?"

"엉? 그, 뭐야?"

바로 돌직구. 박주철의 표정이 당혹으로 물들었다.

"일단 아드님이 어엿한 배틀필드 프로 선수가 된 것을 축하드립니다."

"우, 우리 영민이가요?"

"그럼요. 저는 기쁜 소식을 전하고, 겸사겸사 아드님의 부탁으로 다시는 술을 안 드시도록, 죽도록 패드리러 왔습니다."

패드림 그 자체.

"뭐라고요?"

박주철은 더없이 당황스러운 표정이 되었다.

"어떻게 패야 술 생각이 안 날지 저도 고민을 많이 하다가, 빈 술병을 준비해 봤습니다."

서문엽은 검은 봉지를 조심스레 내려놓았다. 그리고 안에서 빈 소주병과 맥주병을 연이어 꺼내 당구대 위에 올렸다.

각 브랜드별로 하나씩 갖춰진 알찬 패키지였다.

서문엽의 미소는 뒤에 후광이 비칠 정도로 자애로웠다.

"술병만 봐도 무서워서 지리게 만들면 되지 않을까 하고 판단했습니다."

그 말뜻을 이해한 박주철과 사내들은 두려움에 질린 표정으로 서로를 바라보았다.

"거기 다들 술친구들이시죠?"

"네, 네……."

한 명이 공포를 이기고 간신히 대답했다.

"친구가 15년째 가족 내팽개치고 술만 처마시는데 같이 어울리신 걸 보면 똑같은 쓰레기들이시군요. 눈깔 뽑기 전에 제 시야 밖으로 퇴장해 주십쇼."

거의 사이코패스 같은 눈빛.

사내들은 주춤주춤 홍해처럼 박주철을 중심으로 갈라졌다. 친구들을 둘러보며 패닉에 빠진 박주철에게 서문엽이 천천히 다가갔다.

"그럼 찬이슬부터 시작하겠습니다."

소주병 하나가 그의 손에 들려 있었다.

"참고로 76년생이더군요. 전 75년생인데, 형이라 부르실래요?"

"그, 그런⋯⋯."

박주철은 말문이 막혔다. 저런 형을 두고 싶지 않았다.

"난 말 편히 할게. 불만 없지? 그냥 동네 형한테 좀 혼났다고 생각하자."

그리고⋯⋯.

병원에 들러 치유 능력을 가진 초인에게 말끔히 치료받은 박주철은 가족의 품에 돌아왔다.

몸은 말끔했으나 영혼은 탈탈 세탁되어서 얼빠진 얼굴이었다.

"여, 여보!"

"주철아!"

박영민의 어머니와 할머니, 할아버지가 뛰쳐나왔다.

박영민 또한 걱정되는 얼굴로 아버지와 서문엽을 바라보고 있었다.

"서, 서문엽 씨, 대체 제 아들을 어떻게⋯⋯."

할아버지가 물었다.

"다시는 술 드시지 않겠답니다. 그렇지?"

"네! 서, 성실히 살겠습니다!"

"노름도 안 하고?"

"예!!"

경기를 일으키는 듯한 빠릿빠릿한 대답이었다.

"약속을 어길 시 다시 면담을 갖기로 했으니 이제 염려 놓으십시오."

"주철아, 정말이냐?"

"예, 아버지! 이제 정신 차렸습니다!"

신병처럼 군기가 들린 대답이었다.

서문엽은 이제 박영민을 응시했다.

"인마."

"…네."

"약속 지켰다. 내일 클럽하우스로 아까 사인한 계약서 들고 찾아가라."

"내일 바로요?"

"넌 오래 놀았잖아. 재활 훈련 미리부터 받아야지."

"알았어요."

박영민은 이제 한가하게 놀던 좋은 시절은 다 간 걸 아는지 한숨을 쉬었다.

그리하여 근접 딜러 박영민이 새롭게 YSM에 합류했다.

'영입 한번 더럽게 힘드네.'

발로 뛰는 구단주는 하루가 지나기도 전에 다음 지역으로 떠났다.

헬멧도 없고 고속도로로 당당히 진입하다 못해, 이제는 한 손으로 스마트폰을 들고서 인터넷 방송까지 보고 있었다.

─꺄악! 방송 잘했다고 별사탕 5,000개! 으악! 지렸다! 또

지려서 이족 보행을 못하겠어! 기어 다녀야겠어!

바닥을 기는 '기어서 나가, 벌레들아' 리액션을 펼친 BJ이쁜나리가 드러누운 채 들썩거리며 심장 제세동기 세리머니까지 펼치고 있었다.

낄낄거리던 서문엽은 별사탕 5,000개를 더 쏴줬다.

─꺄악! 우주급짱짱맨 님! 너무 감사합니다!

파프리카TV의 새로운 큰손, 우주급짱짱맨.

바로 서문엽의 아이디였다.

인터넷 방송에 푹 빠진 덕에 가는 길이 지루하지 않았다.

질주한 끝에 도착한 곳은 경상남도 통영시.

충무고등학교에 도착한 서문엽은 배틀필드 팀 훈련실을 찾아갔다.

"네가 김진수구나."

"예! 안녕하십니까!"

190㎝에 달하는 키에 호리호리한 체형의 김진수가 우렁차게 인사했다.

미리 연락을 해뒀기 때문에 점찍었던 김진수를 쉽게 만날 수 있었다.

—대상: 김진수(인간)

—근력 66/80

—민첩성 65/81

—속도 61/75

—지구력 70/88

—정신력 80/91

—기술 73/76

—오러 69/69

—리더십 43/52

—전술 38/56

—초능력: 희생, 재생

—희생: 지정한 사람의 부상을 흡수하여 대신 짊어진다.

—재생: 상처를 재생한다.

김진수는 탱커였다.

탱커치고 근력이 약해 주목을 못 받았고, 간신히 KB7 2부 구단의 제안을 받았다.

졸업을 앞둔 터라 마지막까지 고민하던 차에 서문엽의 연락을 받은 것이었다.

'확실히 근력은 약하네.'

다행히 근력 한계는 80으로 아슬아슬하게 커트라인이었다.

대신 민첩성 한계가 81로 높은 편.

거기다 지구력은 한계가 88로 강점이었다.

기술도 73/76으로 더 가르칠 게 없어서 좋았다.

기술은 가장 올리기 어려운 수치라 처음부터 키우려면 오래 걸린다. 그런데 벌써 73이니 당장 써먹을 수 있는 것이다.

초능력은 둘 다 탱커에 어울렸다. 재생의 경우 파리의 치치 루카스도 가진 초능력인데, 희생과 시너지가 환상적일 듯했다.

'딱 가브리엘 감독이 찾던 발 빠른 서브 탱커군.'

개인적으로는 높은 정신력이 가장 마음에 들었다.

저 정도면 멘탈 문제로 기량이 하락할 염려는 없었다.

"진수야."

"네, 구단주님!"

"넌 네 장점이 뭐 같아?"

잠시 고민한 김진수는 수줍게 답했다.

"전 힘이 약해서 방패 컨트롤로 디펜스를 보완했습니다. 그 덕에 테크닉은 좋은 편입니다."

"웅, 그건 지금 당장의 장점이지."

의아해하는 김진수에게 서문엽이 설명했다.

"넌 재빠르고 부지런히 뛰어다닐 수 있는 재능을 가졌어. 너도 선수로서 야망이 있지?"

"네!"

"널 국가 대표 서브 탱커로 키워주마."

"저, 정말이신가요?"

"응, 나 알잖아. 내가 지목하면 무조건 터지는 거."

미다스의 손으로 소문난 서문엽의 안목은 김진수에게 용기를 불어넣었다.

"네, YSM에 가고 싶습니다."

현재 제안 온 곳이 KB7 2부 리그 팀밖에 없었으니 선택의 여지도 없었다.

물론 서문엽이 찾아왔다는 소문이 돌면, 다른 클럽에서도 혹시나 싶어 찔러볼 수 있다. 하지만 김진수는 자신을 알아봐 준 서문엽에게 가고 싶었다.

"넌 뭐 문제 같은 거 없지? 가족 중에 좀 맞아야 할 사람이 있다든가."

"어, 없습니다!"

김진수는 무슨 소릴 하냐는 듯 화들짝 놀라는 반응이었다.

서문엽은 고개를 끄덕였다. 이게 정상적인 선수 영입이었다.

"진수야, 넌 근력 트레이닝이 시급하니까 빠른 시일 내에 우리 클럽하우스에 합류해라."

"내일 바로 가겠습니다!"

김진수는 충실하고 충성스러운 성격으로 보였다.

서문엽은 고개를 끄덕였다.

"그래, 거긴 세계적인 트레이닝 기법을 가진 지도자가 있어서 지금까지와는 달리 폭풍 성장할 거다."

"네!"

"휴, 좋네. 선수들이 다 너 같았으면 좋겠다."

서문엽은 어깨를 툭툭 두드리며 김진수를 격려했다. 오랜만에 보는 멀쩡한 청년이었다. 그런데 그때 전화가 왔다.

'누구지?'

모르는 번호였다.

자신의 번호를 아는 사람은 많지 않았기 때문에 서문엽은 의아해하면서도 전화를 받았다.

"누구야?"

서문엽다운 통화 예절.

—서문엽 씨 되십니까?

굵직한 사내의 목소리가 들렸다.

"어, 넌 누군데?"

—한국 배틀필드 협회 부회장 심태호입니다.

"응?"

의외의 거물이었다. 물론 박진태 협회장도 우습게 아는 서문엽에게는 거물로 보이지 않았지만.

"몇 년생이쇼?"

—65년생입니다.

출생년도만 따져도 서문엽보다 10살 위였다.

"…근데 무슨 일로 전화하셨는데요?"

—어제 폭력 사건을 일으키셨더군요.

그 말에 서문엽의 표정이 변했다.

그걸 문제 삼아서 징계라도 하려 들면 골치가 아팠다.

징계라고 해봐야 무서울 게 있냐마는, 지금은 선수의 신분이라 활동에 제약이 걸릴 수 있는 것이었다.

서문엽은 아가리 파이팅을 할 태세를 갖추고는 불량스럽게 말했다.

"같은 말 반복하게 만드시네. 그게 무슨 폭력이야? 그게 폭력인지 아닌지 한번 단둘이 진지하게 토론해 볼까? 앙?!"

─문제 삼으려고 전화한 게 아닙니다.

"응? 그럼 무슨 일이신데요?"

싸우자고 전화한 게 아닌 것 같아서 서문엽은 급 공손해졌다.

─다소 사적인 용건입니다. 제 아들을 아십니까?

"잉? 댁 아들을 내가 어떻게… 아! 그 멘탈 쓰……."

쓰레기라고 하려다가 서문엽은 말을 멈췄다.

국가 대표 원거리 딜러 심영수.

정신력 26/60의 멘탈 쓰레기라 자선 경기에서 팀원의 발목을 잡아 서문엽에게 탈탈 털린 녀석이었다.

제법 파괴력 좋은 폭발 구체를 다루지만 서문엽은 백제호에게 심영수를 대표 팀에서 빼라고 조언한 바 있었다.

혹시 그것 때문에 따지려고?

─아시는군. 그 녀석 맞습니다.

심태호 부회장의 말투를 보니 따지려는 것도 아닌 듯했다.

—공공연한 비밀이지만 내 아들놈이 소속 팀에서 팀원들과 불화를 일으켜 문제가 되고 있습니다.

"그래요?"

의외도 아니었다. 당연히 그럴 줄 알았다.

—보아하니 심영수를 빼라고 백제호 감독에게 조언하셨다지?

"네."

—내 아들의 문제를 한눈에 파악한 것 같은데 맞습니까?

"그쪽도 문제를 알긴 아시네요?"

—모를 리가 있겠습니까.

의외로 자기 아들을 냉정하게 파악하고 있었다.

그때 서문엽의 뇌리로 생각이 정리되기 시작했다.

어제 박영민을 영입하는 과정에서 생긴 폭력 사건을 언급하더니, 이제는 자기 멘탈 쓰레기 아들 얘기를 꺼냈다.

그렇다면?

"저기 말이죠. 혹시 용건이란 게 저더러 댁 아들을 쥐어 패, 아니, 교육시켜 달라고 전화한 건 아니죠? 하하, 내가 무슨 참교육 청부업자도 아니고."

껄껄 웃는 서문엽.

그런데 상대방은 어째 조용했다.

잠시 후 심태호 부회장이 말했다.

―오늘 내 아들이 소속 팀에서 방출 명단에 올랐습니다.

＊　　　＊　　　＊

설명에 따르면 심영수는 이미 대표 팀에서나 소속 팀에서나 신용을 잃고 있었다.

그런데 본격적으로 심영수에 대한 평가 재고가 시작된 계기는 바로 대표 팀 제명 논의였다.

백제호 감독이 주장한 그것은 협회에 인맥이 있는 소속 팀에도 알려졌다.

심영수를 빼라는 조언을 백제호 감독에게 한 사람은 다름 아닌 서문엽. 사람 보는 안목이라면 직접 7영웅을 선발했을 정도인 서문엽 아닌가? 그 탓에 본격적으로 심영수에 대한 평가가 재고되기 시작했다.

그 결과 킬이나 어시 같은 수치화된 성적은 좋지만, 팀워크나 전술 등 수치화되지 않고 있던 평가에서 심각한 단점이 확인되었다.

폭발 구체의 화끈한 화력과 속박이라는 보조 초능력까지 출중하여서 많은 팬이 있는 심영수. 그 탓에 감독은 싫어해도 구단주나 관계자는 선호했던 심영수의 실체가 드러났다.

―영수가 세계 진출을 원했으니 이를 밀어준다는 명목으로 이적 시장에 내놨지만 미국이나 유럽 팀에서도 대부분 거절하

거나 턱없이 안 좋은 조건을 제시해서 에이전트로부터 좋은 소식이 없었습니다.

"그것도 나 때문이라는 겁니까?"

서문엽의 물음에 심태호 부회장이 부정했다.

―아니요. 우리만 몰랐을 뿐, 빅 리그 클럽들은 이미 훨씬 전부터 안 좋은 평가를 내린 상태라고 합니다.

"아, 하긴. 아무리 약체 국가라도 명색이 국가 대표이니 눈에 안 띄었을 리는 없구나."

서문엽은 일전에 분석안으로 봤던 심영수의 능력치를 떠올려 보았다.

―대상: 심영수(인간)
―근력 60/66
―민첩성 70/73
―속도 79/85
―지구력 65/68
―정신력 26/60
―기술 68/73
―오러 84/85
―초능력: 폭발 구체, 속박

―폭발 구체(초능력): 강한 폭발을 일으키는 화염의 구체를 만들

어 던질 수 있다.

　―속박(초능력): 오러로 이루어진 로프를 던져 상대를 1~5초간 속박시킬 수 있다.

원거리 딜러에게 가장 중요한 초능력 두 가지가 아주 좋다.

우선 강력한 화력의 폭발 구체.

한 타 싸움에서 뛰어난 위력을 발휘할 초능력이었다.

오러 능력치가 84/85로 높은 편이므로 초능력을 더 잘 다룬다. 물론 서문엽에게는 먹히지 않았지만, 서문엽이야 슈란의 소멸 광선도 막았던 몸이었다.

거기에 접근전을 상대할 수 있는 수단도 여럿 있었다.

속박으로 묶어도 되고, 속도 79/85라는 빠른 발로 달아나도 된다.

다른 능력치는 별 볼 일 없지만, 원거리 딜러에게 가장 중요한 속도·오러·초능력이 좋으므로, 빅 리그에서 뛰어도 명문 클럽은 몰라도 중하위권 팀에서는 주전으로 뛸 수 있을 정도.

문제는…….

'정말 멘탈만 문제로군.'

구단주로서 많은 선수를 살펴본 서문엽은 이제 현실적인 눈높이를 갖게 되어서 심영수가 생각보다 괜찮은 기량을 가졌음을 알고 있었다.

하지만 아무리 기량이 좋아도 팀 전술에 방해되고 팀워크를 해치면 소용없었다.

'던전이라는 건 혼자의 힘으로 어찌할 수 있는 곳이 아냐. 철저한 전술로 헤쳐 나가야 하는 곳이지.'

그렇지 않았으면 그냥 초인을 잔뜩 투입해 인해전술로 해보지 않았을까? 그런 생각을 지저 전쟁 때 과연 안 해봤을까?

괜히 그 당시 서문엽이 갑 오브 갑이었던 게 아니었다.

"제가 볼 때 댁 아드님은 자질이 있어요. 그건 인정해요."

─제 아들이라서가 아니지만 재능은 확실합니다. 그렇기에 제가 다소 힘써서 밀어준 것도 있고요.

짜증 나지만 이해 못 할 건 아니었다.

자기 아들이 심지어 재능도 출중하니 누군들 안 밀어주겠나. 다만 그 탓에 협회 부회장이 아끼는 아들이라는 포지션이 확고해져서 팀에서도 다들 어려워하게 되었다. 때문에 심영수는 더더욱 기고만장해졌고 말이다.

"내가 볼 땐 정신적으로도 원래부터 약하게 타고난 것 같진 않은데……."

─무슨 변명을 하겠습니까? 나는 던전에서 구르느라 집안을 돌볼 틈도 없었고, 집안에 홀로 있던 아내는 하나뿐인 아들 녀석을 끔찍하게 싸고돌았습니다.

"뭐, 그랬을 것 같습니다."

─아무튼 북미와 유럽권에서는 죄다 혹평이었고, 그 탓에 비싼 몸값을 얻으려 했던 소속 팀도 당황했습니다. 아랍에서

는 제값을 쳐준다는데 거긴 아들 녀석이 싫어하고요. 영어 공부도 싫어하는 놈이 그쪽 언어는 무슨 수로 익힌답니까?

"그래서 지금 몸값이 많이 낮아져 있다?"

―그렇습니다. 화력이 부족한 YSM 입장에서는 좋은 기회 아닙니까?

"근데 그것도 본인이 오기 싫어하면 땡이잖아?"

―제가 함께 설득하지요. 이대로라면 대표 팀에서도 제명당하고, 북미·유럽 진출을 시도했다가 혹평만 받았다는 소문도 이제 곧 퍼질 거라고 일러줄 참입니다.

서문엽도 손가락을 딱 튕겼다.

"추락한 명예를 회복할 길은 내 선택을 받았다는 것밖에 없군!"

―그렇습니다. 서문엽 구단주는 안목이 귀신같기로 유명하니까. 당신이 보기에 우리 아들 자질은 어떻습니까?

"음……."

서문엽은 고민하다가 말했다.

"멘탈 빼고는 나쁘지 않은 건 아까 얘기했지만, 일단은 직접 만나봐야겠습니다."

심영수는 증폭된 분석안으로 볼 필요가 있었다.

서문엽의 추측대로라면, 심영수는 리더십과 전술이 바닥일 확률이 높았다.

그렇다면…….

'영입을 안 하든가, 철석같이 오더만 따르도록 참교육이 필요하다는 건데……'

서문엽은 통영의 맑은 하늘을 올려다보았다.

'이게 제 운명인 겁니까?'

저 위에 계시는 어떤 위대한 분이 고개를 끄덕이는 듯한 착각이 들었다.

하늘이 폭력을 부르고 있었다.

*   *   *

"아, 씨발 짜증 나. 개새끼들."

연신 욕설을 퍼부으며 술을 들이켜는 청년은 바로 심영수였다. 시끄러운 EDM이 쏟아지고 있는 클럽. 뒤편의 조용한 테이블에서 심영수는 친구들과 술자리를 즐겼다.

심기가 몹시 불편한 심영수는 술과 욕설뿐이었고, 그 탓에 여자들도 떠나 버려 함께 온 친구들은 그저 한숨만 쉴 뿐이었다.

'그냥 조용히 마시다 가자.'

'쟤 저러다 사고 칠라.'

친구들도 눈치가 있어서 그냥 술만 권하며 심영수를 달랠 뿐이었다. 심영수의 배 속에 들어가고 있는 게 온통 90도가 넘는 독한 보드카뿐이라 걱정되기 시작했다.

"대체 내가 부족한 게 뭔데?! 그놈의 팀워크는 무슨, 개새끼들! 같은 팀의 병신들이 정치질을 해서 날 걸고넘어지는 거 아냐!"

북미와 유럽에서 다 까였다는 소식을 에이전트로부터 들었다. 담당 에이전트에게 쌍욕을 퍼부으며 무능력을 문제 삼았지만, 그래도 속이 안 풀려서 이렇게 술만 퍼마시는 중이었다.

오라는 데가 아랍권 클럽밖에 없어서 속이 부글부글 끓었다.

심지어 국내 팀들도 심영수를 꺼리고 있었다.

소속 팀도 자신을 싫어하니 그야말로 오갈 데 없는 천덕꾸러기 신세였다.

탄탄대로만 걷던 자신이 왜 갑자기 이렇게 추락했을까.

'이게 다 서문엽 때문이야.'

자선 경기에서 처음 봤을 때부터 기분이 나빴다.

백제호 국가 대표 감독에게 자신을 빼라고 종용한 게 서문엽이라고 들었다.

'그 망할 자식, 내가 뭘 잘못했다고! 이거 완전히 갑질 아냐?'

늘 협회 부회장 아들이라는 이유로 대접만 받았던 심영수는 자신보다 갑인 사람에게 불이익을 당해본 적이 없었다.

그래서인지 서문엽이라는 존재가 몹시 부당하게 느껴졌다.

자신보다 갑인 사람이 있다는 게 말이 되지 않았다.

'아빠도 똑같아!'

아버지에게 대표 팀 제명을 막아달라고 부탁했지만 일언지하에 거절당했다.

'다 네 문제라 어쩔 수 없다'고 말했지만, 심영수가 보기에는 아버지도 서문엽을 두려워하는 것 같았다.

'서문엽 개새끼, 지가 옛날에 활약 좀 했으면 다야? 지금이 2004년이냐고.'

술을 아무리 마셔도 화가 안 풀렸다.

"화장실 좀 다녀올게."

심영수는 벌떡 일어나 화장실로 향했다. 그런데 그때였다.

툭!

"악!"

반대편으로 지나가던 누군가와 어깨가 부딪쳤다. 그런데 나동그라진 것은 심영수였다.

"아, 쏘리."

상대는 손을 흔들고는 그냥 가버렸다.

어안이 벙벙해진 심영수는 순간 울화가 치밀었다.

"야 이 개새꺄!"

버럭 소리 지른 심영수.

그러자 떠나던 상대가 우뚝 멈췄다.

"지금 시비 걸었냐? 죽고 싶어? 내가 누군지 아냐고!"

심영수가 고함을 지를 때였다.

사내가 뒤를 돌았다. 심영수는 흠칫했다.

모자와 선글라스를 쓰고 마스크까지 쓴 이상한 놈이었다.

'대체 누가 저딴 놈을 안에 들인 거야?'

사내가 마스크를 벗어 던졌다.

"너 지금 나한테 뭐랬냐?"

그렇게 질문을 하며 선글라스와 모자도 벗었다.

심영수는 뱀 앞의 개구리처럼 굳어버렸다.

사내는 바로 서문엽이었다.

술 마시고 사고 치기로는 결코 심영수의 아래가 아닌 서문엽이 눈을 매섭게 부라리고 있었다.

"죽고 싶냐고 했지? 다시 한번 말해볼래?"

"어, 아니, 그게……."

심영수의 머릿속이 복잡해졌다. 왜 서문엽이 여기 있단 말인가? 그리고 왜 정체를 꽁꽁 숨기고?

"내가 그런 말 들은 게 꽤 오랜만이라 신선하네, 하하하. 누군가가 나한테 시비 거는 게 대체 얼마만이야?"

껄껄 웃는 서문엽.

눈동자에서 사이코패스 같은 광기가 보였다.

'이, 이건 함정이야. 일부러 정체를 숨기고서…….'

생각은 길지 않았다.

뻐억!

어퍼컷이 턱에 작렬했다.

망치로 후려갈긴 듯한 충격. 영혼이 저 먼 곳으로 이탈하는 듯하더니, 의식의 끈을 놓쳐 픽 쓰러져 버렸다.

"여, 영수야!"

"헉! 서문엽이다!"

천구들이 후다닥 달려왔지만 상대가 서문엽인 것을 보고 그 자리에서 굳어버렸다.

서문엽은 축 늘어진 심영수의 뒷덜미를 붙잡았다.

"얘 내가 데려간다. 불만 있냐?"

"아, 아뇨."

친구들은 황급히 부정했다. 자신들은 뉴스에 출연하고 싶지 않았다.

서문엽은 심영수를 질질 끌며 클럽에서 사라졌다.

클럽을 관리하던 가드들도 VIP 고객인 심영수가 걱정됐지만 도리가 없었다.

"경찰 불러봐라. 경찰이 출동해야 하는 일을 하나 만들어 줄 테니까."

가드들도 다 초인이었지만 서문엽 앞에서는 꼼짝도 못했다.

서문엽은 심영수를 어깨에 짊어진 채 바이크를 타고 어디론가 떠나 버렸다.

잠시 후.

심영수가 정신을 차렸을 때는 가로등도 없는 어두운 뒷골목이었다.

"여, 여긴 어디야?"

"반말이냐?"

"헉! 아, 아니요."

심영수는 자신 앞에 서 있는 서문엽을 보자 공포로 굳어버렸다.

"저를 왜 이런 곳에……."

"글쎄다. 내가 왜 목격자도 CCTV도 없는 이런 곳에 널 데려왔을까?"

"헉!"

심영수의 심장이 쿵쾅쿵쾅 위험 신호를 보냈다.

상대는 10대 초반에 살인을 했다는 인간이었다.

이건 정말 위험했다.

"제, 제가 시비를 건 게 아니잖아요! 일부러 정체를 숨기고 저한테……!"

"뉴스는 어떻게 나갈까? 북미 유럽에서 모두 거절당해 해외 진출 실패한 심영수, 서문엽에게 시비 걸다 얻어맞았다?"

"그, 그건……!"

"주르륵 달릴 댓글들이 벌써 눈에 보인다. 심영수 갈 데까지 갔구나, 어디까지 추락하나, 인성 쓰레기였네 등등."

"일부러 그랬지! 일부러 날 이렇게 만든 거잖아!"

"이 새꺄, 네가 똑바로 살았어봐라. 누가 봐도 내가 시비 걸어서 애꿎은 애 폭행했구나, 하고 되는 거지. 여태껏 수많은 폭행 시비가 일어났지만 왜 내가 손가락질 안 받았는지 알아?"

"……."

"다 맞을 만한 놈들이라 그래."

당당히 말하는 서문엽.

심영수의 눈에는 천하의 악당으로 보였다.

"네가 이 수렁에서 벗어날 수 있는 길이 딱 하나 있는데 들어볼래?"

서문엽식 영입 제안이 시작되었다.

*　　　*　　　*

증폭된 분석안으로 보니 심영수는 벌써 1년이 지났음에도 전과 능력치의 변화가 없었다.

저 나이에 1년간 발전이 없었다는 건 정말 불성실하다는 뜻.

1년 전에 보지 못했던 것을 증폭된 분석안으로 추가로 볼 수 있었다.

―대상: 심영수(인간)

―리더십 11/23

―전술 19/46

예상했다시피 리더십은 폭망이었다.

그런데 전술이 의외였다.

물론 현재의 전술은 19로 바닥 수준.

하지만 한계치는 46으로 아예 쓰레기는 아니었다.

물론 전술적 이해력은 경기를 지배하는 일류 선수의 덕목 중 하나지만, 꼭 팀원 모두가 전술적 이해력이 좋아야 할 이유는 없었다.

그냥 오더만 잘 들어도 되는 선수도 있는 법.

"대체 나한테 무슨 억하심정이 있어서 이런 함정에 빠뜨리는 건데! 날 대표 팀에서 제명시키려 하고 악의적인 소문을 내서 해외 진출도 못 하게 만들고 이젠 변장하고서 클럽에서 일부러 시비까지……!"

"왜 반말이야?"

"어? 아, 죄송…….'

퍽!

"꾸엑!"

무자비한 하이 킥이 머리통을 강타. 심영수는 개구리처럼 바닥에 패대기쳐졌다.

뒷덜미를 잡아서 들어 올려 눈높이를 맞춘 채 서문엽이 말했다.

"대표 팀에서 빼는 건 네가 못해서고, 악의적 소문이 난 것도 네가 못해서고. 클럽에서 시비 건 것 말고는 내 잘못 없어."

"역시 시비는 일부러 건 거잖아!"

"또 반말하네?"

"아니, 당신이 한 일에 비하면……!"

뻑!

"끄억!"

잡고 있던 뒷덜미를 그대로 바닥에 누르며 또 한 번 패대기.

"희한한 자식이네. 그렇게 처맞았는데도 흥분하면 반말이 튀어나와. 푸흡."

"으으으……."

심영수는 악마를 보았다.

자신에게 이렇게 부당하게 무자비한 폭력을 휘두른 사람은 여태껏 없었다.

갑질, 횡포, 폭력.

왜 사람들이 그런 소리를 하며 성토하는지 비로소 알 것 같았다. 당해보니 정말 억울한 일이었다.

"어디까지 얘기했더라? 네가 끼어들어서 까먹었잖아!"

뻑!

"꺽!"

뒤통수를 후려맞은 심영수는 공포에 젖었다. 이곳에서 살아서 빠져나간다면 다시는 이 인간과 상종하지 않겠다고 굳게 다짐했다.

하지만.

"아, 맞다. 네가 수렁에서 빠져나갈 수 있는 방법을 알려준다고 했지."

"네……."

심영수는 한층 고분고분해졌다.

"그건 바로 YSM으로 이적하는 거다."

"뭣?!"

"반말하지 말라고."

퍽!

"컥!"

주먹으로 망치질하듯 정수리를 내려치자 심영수는 혀를 깨물 뻔했다.

덕분에 정신이 띵했다.

'이런 인간하고 같은 팀에 있으라고? 말이 되냐?'

결단코 싫었다.

서문엽이 악마처럼 속삭였다.

"술 마시고 나한테 시비 걸었다가 맞았다는 뉴스가 떠봐. 그걸 계기 삼아 제호가 대표 팀에서 널 제명할 테고. 그럼 네 팬들도 우수수지."

"크윽……!"

심영수는 이를 악물었다.

"근데 말이다."

서문엽이 말을 이었다.

"그때 내가 널 영입하겠다고 나선다면 어떨까? 미다스의 손이라 불리는 이 몸의 선택을 받았다면 넌 아직 재능이 있는 선수라고 보증해 주는 셈이잖아?"

"……."

"우리 팀에 온다면 어깨동무하고 사진 찍어서 SNS에 올려주지. 그럼 오늘 일도 그냥 웃고 넘길 수 있는 해프닝이 되는 거 잖아? 인마, 말이 나와서 말인데 한국에서 나와 친하다고 알려지면 팬은 더 생긴다?"

그 말에는 심영수도 솔깃했다.

입지가 급격히 좁아진 지금의 수렁에서 벗어날 수 있는 기회인 건 사실이었다.

"어디 그뿐이야? 말만 잘 들으면 대표 팀 제명도 없던 일로 해줄게."

백제호를 뒤에서 조종하는 비선실세임을 스스로 드러낸 서문엽이었다.

"YSM에 안 가면 대표 팀 자른다고? 이건 횡포잖아! 요."

서문엽이 눈을 부라리자 심영수는 재빨리 '요'를 덧붙였다.

"이 새끼가 누가 들으면 내가 멋대로 권력 휘두르는 줄 알겠네."

면책권을 이용하는 건 사실이었지만.

"네 문제가 뭔 줄 아냐?"

"난 팀 내에서 정치질을 당해서……."

"야 이 씨발아, 넌 리더십도 전술성도 바닥인데 그놈의 스타병 걸려서 나대는 게 문제야. 알아?"

치욕에 심영수의 얼굴이 확 붉어졌다.

그러거나 말거나 서문엽의 말이 계속됐다.

"판단력도 없는 놈이 전술 능력인 폭발 구체를 멋대로 사용하고, 전술도 이해 못하는 놈이 오더에 끼어들지를 않나. 난 말이다."

심영수의 멱살을 잡고 끌어 올렸다.

"전쟁 시대에 너 같은 새끼를 몇 명이나 때려 죽였는지 모른다."

서문엽의 눈빛에 살기가 어렸다.

심영수는 공포에 젖었다.

진심이었다.

정말 이 자리에서 자신을 죽일 것 같았다.

"하지만 너보다 더 심각한 꼴통이 하나 있었지. 무지막지한 초능력을 가졌는데, 뻑하면 겁에 질려서 그걸 마구 난사해 버리는 거야. 근데 나는 기어코 그 꼴통을 데리고 최후의 던전을 공략했어. 그 계집애는 중국의 영웅이 되었고."

바로 슈란의 이야기였다. 물론 그 당시의 슈란이나 지금의 심영수나 정신력은 도긴개긴.

다만 사고를 치는 스케일이 슈란이 훨씬 커서 문제였다.

"너도 그렇게 만들어주마. 너 리그 우승해 본 적 있어?"

"하, 한 번요."

"아시아 챔피언스 리그는?"

"중국이 있는데 어떻게 해요?"

"월드 챔피언스 리그는?"

"말도 안 되죠."

"월드컵은?"

"예선 통과도 벅차요."

"내가 다 이루게 해주마."

심영수의 두 눈이 커졌다.

이 변방 한국에서 참 거대한 꿈을 꾸고 있었다.

"내가 못할 것 같아? 난 너희처럼 허접하지가 않아."

심영수는 쉬이 대답을 못 했다.

"내일까지 답변 줘라. 이게 네 마지막 기회일 수 있다는 거 명심해."

서문엽은 바이크를 타고 떠나 버렸다.

그날 집에 돌아간 심영수는 인터넷 뉴스에 오늘 일이 올라오자 눈을 질끈 감고 스마트폰을 던져 버렸다.

"젠장!"

〈클럽서 만취한 심영수, 서문엽에 시비?〉

댓글은 보나 마나였다.

술에 취해서 서문엽에게 시비를 건 바보가 됐을 것이다.

본래부터 안티 팬이 많아서 악의적 소문이 퍼져 나갔을 터였다.

팀 내에서는 감독도 동료들도 싫어해서 고립된 상태.

협회 부회장인 아버지 눈치를 보던 보드진도 자신을 팔아치우고 싶은 눈치.

해외에서는 이미 좋지 않은 선수라고 평가 절하된 상태.

이번 사건으로 인성 논란이 일어나 국내 팀들도 꺼려할 것이다.

오갈 데가 없어지니 문득 서문엽이 했던 제안이 생각났다.

'정말 YSM에 가볼까? 어쩌면 좋은 기회 아냐?'

서문엽이 있으면 분명 리그 우승은 따 놓은 당상이고, 아시아 챔스 우승도 가능성이 있었다. 어쩌면 월드 챔스에서도 성적을 낼 수도 있고 말이다.

아무리 팀 수준이 낮아도 서문엽이 무시무시한 저력을 발휘하며 원맨쇼를 펼치면 월드 챔스 8강 정도는 갈 수도 있지 않겠는가?

그럼 한국 최초로 세계 무대에서 업적을 세운 클럽의 주역이 되는 것이다. 거기에 잘 편승하면 유럽 진출의 길도 다시 열릴 테고 말이다.

'지금 YSM 감독이 파리 뤼미에르에 있었던 가브리엘 사나지. 그 사람 인맥을 통해서 유럽 진출하기가 더 수월해질 수도 있을 거야.'

물론 단점은 있었다.

'그런 악마 구단주 밑에 내 발로 기어들어 간다는 게……'

심영수도 어릴 적부터 주변에 양아치들이 많았다.

하지만 단연코 서문엽은 차원이 다른 악당이었다. 주변 눈치도 안 보고 서슴없이 사람을 팬다. 법도 초월했다.

'그, 그래도 평상시에는 클럽에 관여 안 한다잖아? KB-1 정도의 수준 낮은 리그 경기는 시시해서 안 뛰겠지.'

가끔 서문엽이 출몰했을 때만 조심한다면, YSM은 새 출발하기 좋은 클럽이었다.

가브리엘 감독의 지휘하에 선진적인 훈련을 받을 수 있는.

그래도 갈등이 돼서 아버지 심태호 부회장에게 고민을 털어놓았다.

심태호는 단호히 말했다.

"YSM에 가거라."

"진짜? 아빠도 서문엽 싫어하잖아?"

"내가 왜?"

"그야……."

심태호 부회장은 백제호의 대표 팀 감독 취임에 반대했다. 그래서 반대파의 수장 같은 이미지가 있는 건 사실이었다.

"백제호 감독에 대해 반대했던 건 대중적 인기를 가진 영웅을 대중의 비판을 막아주는 욕받이로 이용하는 게 싫어서다. 감독으로서의 역량도 전혀 검증이 안 됐기 때문에 차라리 해외에서 유능한 감독을 데려오는 게 낫다는 입장은 지금도 마찬가지였고."

"……."

"하지만 7영웅의 백제호는 존경하지. 그리고 백제호 감독을 통해 서문엽이 대표 팀에 관여한다면 그건 찬성이다. 지도자로서 백제호 감독은 아직 의심스럽지만 서문엽이라면 이야기가 달라."

심영수는 할 말을 잃었다.

자신을 대표 팀에서 빼라는 서문엽의 의견에도 아버지는 찬성한다는 것이나 다름없었다.

조금 심통이 난 심영수에게 심태호 부회장이 말했다.

"YSM에 가라. 서문엽은 진짜다. 가브리엘 감독도 우리 협회가 대표 팀 감독으로 부르고 싶어도 못 부르는 유능한 지도자고."

"그, 그 사람이 날 싫어하잖아."

"공사 구별 못하는 사람이었으면 최후의 던전도 공략 못했겠지. 전 세계를 다니며 수많은 초인과 협업해 본 사람이야."

"음……."

아직도 서문엽에게 맞은 게 생각나서 망설여졌다.

하지만 마음은 다소 YSM 쪽에 기울어졌다.

의외로 아버지가 서문엽을 지지하고 있었기 때문이었다.

*　　　　*　　　　*

결국 심영수는 에이전트를 통해 YSM으로의 이적을 추진케
했다.

YSM도 심영수의 소속 팀인 미래 하이퍼스에 오퍼를 보냈
다.

때마침 심영수가 사고까지 쳐서 여론이 안 좋아지자 미래
하이퍼스는 기회다 싶어 이적을 추진했다.

미래 하이퍼스의 단장 박철호는 협상 테이블에 나타난
YSM 측 관계자를 보고 깜짝 놀랐다.

"서, 서문엽 씨?"

그랬다.

서문엽은 테이블에 떡하니 앉아 심드렁히 말했다.

"나 커피."

여직원이 황급히 커피 두 잔을 가져왔다.

커피를 마시며 서문엽이 박철호 단장에게 물었다.

"몇 년생이쇼?"

"78년생입니다만……."

"동생이네."

서문엽은 빙긋 웃어 보였다. 박철호 단장의 눈에는 미친놈
처럼 보였다. 불길한 협상이었다.

아니나 다를까.

"지랄 말고 12억 하자."

서문엽의 파격적인 협상 스킬이 펼쳐졌다.

박철호 단장은 피를 토할 뻔했다.

"예? 아무리 그래도!"

"싫으면 그냥 데리고 있든가. 이미지도 쓰레기 됐는데."

"아랍에서는 최소 30억을 얘기했어요!"

"걔네는 돈이 썩어나서 원래 막 부르잖아. 그리고 아랍은 본인이 싫다는데 약 팔지 말고."

"아무리 그래도 12억은 무리입니다."

"왜? 그럼 대표 팀에서 제명된 후에 다시 얘기할까?"

"이런 식으로는 협상을 할 수 없어요! 상식적인 금액을 가져와요!"

쾅!

박철호 단장은 기개 있게 테이블을 내려치며 소리쳤다.

상대가 누구든 기세에서 밀리지 않겠다는 배짱이었다.

그러나 사람을 잘못 봤다.

"왜 고함을 질러? 뒈지고 싶냐!"

꽝!

빠지직!!

서문엽이 내려치자 테이블이 두 쪽이 나서 박살 나버렸다.

박철호 단장은 공포로 얼어붙었다.

상대는 상식이 있는 존재가 아니었던 것이다.

서문엽은 눈을 가늘게 뜨더니, 이윽고 특유의 인자한 웃음을 지으며 말했다.

"그럼 너희 그룹 부사장 찾아가서 얘기해 볼까?"

그 말에 박철호 단장은 더더욱 공포로 굳어버렸다.

미래그룹에는 수많은 부사장이 있다.

하지만 서문엽이 언급하는 부사장이란, 미래그룹 일가의 재벌 3세를 뜻했다.

옛날, 술 취한 서문엽에게 폭행당하고 인질극까지 당해 곤욕을 치렀던 바로 그 재벌 3세 당사자 말이다.

박철호 단장은 눈앞의 이 사람이 인류를 구한 영웅인지 악마인지 알 수 없었다.

『초인의 게임』 4권에 계속…